아이들은 우리 사회의 희망입니다.

_____님께

소중한 마음을 담아 드립니다.

세상살이에 관한 지식은
세상 안에서 얻어지는 것이지
작은 방 안에서 얻을 수 있는 것이 아니다.

The knowledge of the world is
only to be acquired in the world,
and not in closet.

– 체스터 필드 chesterfield –

내 인생을 바꾼 아버지의 한 마디

초판 1쇄 인쇄_ 2009년 12월 20일 | 초판 3쇄 발행_ 2011년 10월 27일
지은이_조병묵 · 조동환 | 펴낸이_진성욱 · 오광수 | 펴낸곳_꿈과희망
디자인 · 편집_김창숙, 박희진 | 본문 삽화_김순효 | 인쇄_보련각
주소_서울특별시 용산구 원효로 1가 112-4 디아뜨센트럴 217
전화_02)2681-2832 | 팩스_02)943-0935 | 출판등록_제1-3077호
http://www.dreamnhope.com| e-mail_ jinsungok@empal.com
ISBN_978-89-90790-92-7 03810 | 값 11,000원

영원히 살 것처럼 노력하고 너만의 인생을 가져래!

내 인생을 바꾼
아버지의
한 마디

조병묵 · 조동환 공저

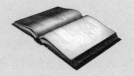

꿈과 희망

인간답게 살려면
삶의 원칙이나 철학이 있어야 한다

I

살아온 인생을 돌아보니 다음의 이야기와 같다는 생각이 듭니다.

원숭이의 무지

원숭이가 어항 속에서 놀고 있는 물고기들을 보고 있었습니다. 물고기들이 이리저리 물 속을 헤엄치는 것을 본 원숭이는 물고기들이 살려달라고 발버둥치고 있다고 생각했습니다. 원숭이는 물고기를 살려 주기 위해 물고기들을 모두 물 밖으로 꺼내 주었습니다. 그런데 물 밖으로 나온 물고기들은 팔딱거리다 모두 죽고 말았습니다.

원숭이는 죽은 물고기들을 한참 들여다보더니 갑자기 무언가 깨달았다는 듯이 자신의 무릎을 탁 치면서 말했습니다.

"내가 좀 더 빨리 와서 구해 주었으면 죽지 않았을 텐데……."

송산의 무지

2008년 봄날, 작업실에 경사가 생겼습니다. 예쁜 새가 작업실 안쪽 벽에 둥지를 틀고 알을 품고 있었습니다. 아! 이 예쁜 새가 자신을 해치지 않을 주인을 알아보고 내 작업실에 둥지를 틀었구나.

참 기분이 좋았습니다.

나는 알을 품고 있는 새에게 온갖 정성을 베풀었습니다. 맛있는 먹이를 잡아다 새 집 앞에 갖다 놓았습니다. 먹으면서 알을 품으라고 배려한 것입니다.

하지만 며칠 후 예쁜 새는 이사를 가고 말았습니다.

"어허, 나도 원숭이와 다를 게 없네."

원숭이의 생각으로는 물고기는 물에서만 살 수 있다는 이치를 도저히 알 수가 없었던 겁니다.

사람도 마찬가지입니다. 우물 안 개구리처럼 자신만의 잣대로, 자신의 입장에서 생각하고 판단한다는 것이 얼마나 무서운 결과를 가져오는지 우리는 살아가면서 많이 경험하게 됩니다.

"무지하다는 것이 얼마나 무서운 화를 불러오는가?"

그렇다면 이러한 무서운 일들이 다시 되풀이 되어서는 안 됩니다. 그러기 위해서는 무엇보다 무지함을 추방해야 합니다. 무지함을 추방하기 위해서는 교육이 필요합니다. 가정 교육, 학교 교육, 사회에서의 교육 등 다양한 교육을 통해서 우리는 한 인간으로 성장해 나갑니다. 수많은 교육 가운데 가장 중요하고 기본이 되는 것은 가정 교육입니다. 가정이 바로 서야 자녀들도 올바르게 성장할 수 있습니다.

어떤 가정을 만들어야 할지 우리는 이 책을 통해 하나의 가문을 경영하는 내용을 배우게 될 것입니다.

가문의 경영에는 원칙과 철학, 신념이 있어야 합니다.

그 예로 미국에서 명문가로 잘 알려져 있는 조나단 에드워즈 가문과 열등 가문인 맥스 주크 가문을 비교 조사한 적이 있습니다.

에드워즈 가문은 20세기 후반까지 100여 명의 대학 교수와 100여 명의 변호사를 배출하였고, 판사와 의사를 100명 가깝게 배출하여 미국 사회에 큰 영향을 끼쳤습니다. 반면에 맥스 주크 가문은 300여 명의 극빈자, 60명의 도둑, 130명의 유죄 판결을 받은 범법자, 그리고 55명의 성적 강박 관념의 희생자를 낳았으며, 겨우 20명만 직업 교육을 받았다고 합니다.

그렇다면 이 두 가문이 왜 그렇게 서로 다른 차이를 보였을까요?

분석해 본 결과 그것은 다름 아닌 '원칙의 유무'에 있었습니다. 가문이 번성하느냐 못하느냐 하는 것은 대대로 이어져 내려오는 원칙이 있는 경우와 그렇지 않은 경우가 달랐으며, 철학 신념의 유무에 가문의 흥망이 달려 있었던 것입니다.

또한 유대인이나 명문가 혹은 성공한 사람들의 공통점도 삶의 지침이나 원칙이 있습니다. 유대인에게는 성경과 탈무드가 있었고, 메디치 가에는 군주론이라는 처세 지침과 가훈이 있었고, 우리나라 명문가에서도 이런 원칙이 있었습니다. 경주 최부자집에는 수양과 처세에 대한 지침인 육훈(집안을 다스리는 6가지 교훈— 1. 과거시험을 보되 진사 이상의 벼슬을 하지 마라. 2. 만석 이상의 재산은 사회에 환원하라. 3. 흉년 시기에는 땅을 늘리지 마라. 4. 손님을 후하게 대접하라. 5. 주변 백 리 안에 굶어죽는 사람이 없게 하라. 6. 며느리는 3년 간 무명옷을 입게 하라)과 육연 (자신을 지키는 6가지 교훈—1. 혼자 있을 때는 초연하라. 2. 사람에게는 따뜻한 마음으로 대하라. 3. 일이 없을 때는 마음을 맑고 고요하게 하라. 4. 일이 있을 때는 과감하라. 5. 성공하더라도 담담하라. 6. 실패하더라도 태연하라.)이, 운악 이암종가(삼보 컴퓨터 이용태 회장 가문)에는 "지고 밑져라"라는 가훈이, 한양 조씨 호은 종가(조지훈 시인 가문)에는 "죽을 먹을지언정 넓은 세상으로 유학을 보내라"라는 철학이 있었습니다.

모든 사람들은 명문가가 되기를 원합니다. 그러나 명문가는 쉽게 하루 아침에 이루어지는 것이 아닙니다. 많은 노력과 원칙, 철학 신념이 있어야 합니다.

Ⅱ

체계적인 가정 교육을 받지 못한 필자는 인격에 구멍이 많이 뚫린 자신을 발견하며 살아왔습니다.

그래서인지 "가문에서 내려오는 유물이나 가훈, 수신서 같은 것이 있으면 얼마나 좋을까?"라고 아쉬워 하였습니다.

　가훈이나 수신서가 있었다면 열심히 배우고 지키려고 노력하여 현재보다 훨씬 수준 높은 인격을 갖춘 사람이 되었겠지요.

　또한 국무총리나 장관 지명 인사청문회를 시청하면서 가슴 아팠습니다. 한 나라의 총리나 장관을 할 사람들이 떳떳하지 못하고 비리에 자유로운 사람이 아직까지 한 사람도 없었다는 것입니다.

　심지어는 장관 임용되기를 꺼려 한다는 기사까지 보았습니다. 이런 것들이 부모가 자식 교육을 제대로 못한 데에서 비롯된 것이겠지요.

　이런 생각을 하며 살다 보니 가문에 필요한 가훈이나 수신서를 만들어 후손들에게 체계적인 교육을 시켰으면 좋겠다는 생각을 하게 되었고, 그 생각은 오랫동안의 숙원이었던 이 책을 만들게 되었습니다.

　이 책에서는 가정 교육의 필요성이나 방법보다 자녀에게 교육할 내용을 정리하였습니다. 그 내용은 인간으로서 인간답게 살기 위해, 전인적인 인간 교육에 도움을 주기 위해 반드시 필요한 내용입니다. 자녀와 토론하여도 좋고 자녀 스스로 이 책을 통해 배우고 실천하면 좋을 것입니다.

　수신서는 후손들에게 승계되어 가르쳐야겠다고 생각했는데, 큰아들이 흔쾌히 허락하여 함께 저술하게 되어 아주 다행스럽게 생각합니다.

　가정 교육에 관심은 많은데 어떻게 실천해야 좋을지 모르는 부모들에게 많은 도움이 되기를 바랍니다.

松山 조 병 묵

바르게 살기 위한 자녀교육 교과서

바르게살기운동은 정직한 개인, 더불어 사는 사회, 건강한 국가를 만들어 나가는 국민정신운동입니다.

바른 생각, 바른 행동을 통하여 바른 사회를 만들자는 것이지요.

이러한 바르게살기운동에 부합하는 조병묵 선생의 『내 인생을 바꾼 아버지의 한 마디』라는 책을 발간한다고 하여 대단히 반갑게 생각합니다.

이 책의 내용을 살펴보면 글 속에는 철학이 일관되게 깔려 있어 오랫동안 생각하고 경험하며 고민한 흔적을 볼 수 있습니다.

즉, 인간으로 태어났으면 인간답게 살아야 하고, 인간답게 살기 위해서는 가정, 학교, 사회에서 체계적인 교육을 받아야 한다고 주장합니다. 또한 "사람은 교육을 통해서만 아름다운 사람이 될 수 있다."는 칸트의 말인 교육의 중요성을 강조하고 있습니다.

1부에서는 사람은 어떻게 살아야 하는가를 잘 알려주었고, 2부 「고전과 명언에서 배워야 한다」에서는 바른 생각과 바른 행동

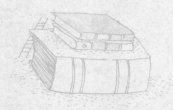

의 모델을 고전과 명언을 통해 수준 높은 인격을 수양하도록 하였습니다. 3부에서는 예절 교육의 의의와 중요성을 강조하여 우리 사회의 모순과 잘못된 예절 윤리에 대해서 아주 효과적으로 안내해 주었습니다. 4부에서는 자신의 가문에 태어나는 후손들에게 인간답게 살도록 안내해 주는 한편 새로운 모델을 제시해 주었습니다.

이 모든 면에서 조병묵 선생의 가르침은 바르게살기운동을 실천하는 자녀 교육 교과서라고 생각합니다. 좋은 책을 저술해 준 조병묵 선생과 조동환 교수에게 깊은 감사를 드립니다.

바르게살기운동 중앙협의회

회장 김승제

| 차 례 |

I. 어떻게 살아야 하는가

1. 삶의 철학

2. 삶의 의지

3. 삶의 이상

II. 고전과 명언에서 배워야 한다

1. 자녀에게 꼭 가르치고 싶다

Ⅲ. 예절 교육, 이 정도는 필요하다

Ⅳ. 가문의 수신(修身)

아버지의 기도

주여! 내게 이런 자녀를 주옵소서.
약할 때에 자기를 돌아볼 줄 아는 여유와
두려울 때 자신을 잃지 않는 대담성을 가지고
정직한 패배에 부끄러워하지 아니하고 태연하며
승리에 겸손하고 온유한 자녀를 내게 주옵소서.

생각해야 할 때에 고집하지 않게 하시고
주를 알고 자신을 아는 것이
지식의 기초임을 아는 자녀를
내게 허락하옵소서.

원하옵나니 그를
평탄하고 안이한 길로 인도하지 마옵시고
고난과 도전에 직면하여
분투 항거할 줄 알도록 인도하여 주옵소서.
그리하여
폭풍우 속에서 용감히 싸울 줄 알고
패자를 관용할 줄 알도록 가르쳐 주옵소서.

그 마음이 깨끗하고
그 목표가 높은 자녀를
남을 정복하려고 하기 전에

먼저 자신을 다스릴 줄 아는 자녀를
장래를 바라봄과 동시에
지난날을 잊지 않는 자녀를
내게 주옵소서.

이런 것들을 허락하신 다음
이에 대하여
내 아들에게 유우머를 알게 하시고
생을 엄숙하게 살아감과 동시에
생을 즐길 줄 알게 하옵소서.

자기 자신에 지나치게 집착하지 말게 하시고
겸허한 마음을 갖게 하시어
참된 위대성은 소박함에 있음을 알게 하시고
참된 지혜는 열린 마음에 있으며
참된 힘은 온유함에 있음을 명심하게 하옵소서.

그리하여 나 아버지는 어느 날
내 인생을 헛되이 살지 않았노라고
고백할 수 있도록 도와주시옵소서.

－D. 맥아더 장군의 기도문에서－

1

어떻게
살아야 하는가

1

삶의 철학

1. 삶의 철학
흘러간 세월을 돌이켜 보니

승자는 눈을 밟아 길을 만드는데, 패자는 눈이 녹기를 기다린다.
– 유태 경전 –

'저는 어리석은 사람입니다. 얼마나 어리석은 사람인가 하면, 제가 고등학교 3학년 때였습니다. 형님이 저에게 의과대학을 진학하라고 권했지만 저는 가지 않았습니다.'

이 말은 회갑연에서 하였던 인사말입니다.

의과대학에 지망하지 않은 이유가 공부하는 기간이 2년 더 많고, 동기생들보다 한 살이 더 많다는 게 전부였습니다. 얼마나 어리석은 판단입니까? 평생 동안 일하면서 살아갈 엄청난 일을 그 조그만 이유로 의과대학을 지망하지 않았다는 것은 아무도 이해할 수 없는 일입니다. 그렇지만 그 엄청나고 생애 가장 중요한 일이라고 할 수 있는 의과대학 진학을 그런 식으로 포기하였다는 것이 고3 때 학생의 현실이라는 것이 중요합니다. 어른들이 하는 일반적인 생각으로는 인생이 탄탄대로인 길을 가르쳐주는데도 그 길을 가지 않고 다른 길을 선택하는 것은 당시 상황으로서는 그게 최선의 이상적인 판단이었다는 것이지요(원숭이의 무지와 같은).

그렇게 뚜렷한 목표도 없이, 철학도, 신념도 없이 그럭저럭 살다 보니 시간은 쏜살같이 흘러만 갑니다.

'인생이란 별 게 아니었다. 자꾸자꾸 단념해 가는 것, 바로 그것이 인생인 것 같다. 젊어서는 링컨, 셰익스피어, 렘브란트, 베토벤, 빌 게이츠 같은 사람이 되고 싶었다. 그러다가 결혼도 하고 아기도 낳고 살다 보니 어느덧 회사에서 과장이 되어 있었다. 이렇게 자꾸자꾸 단념해 가는 것이 인생인 것 같다.'라는 '단념'이라는 수필을 읽고 좋아하면서 어쩌면 '인생이 다 그런 거지' 하고 자신을 격려하면서 살아온 어리석은 사람이라는 것을 고백합니다.

아버지께서는 '사람 노릇 하기 힘들다'라고 자주 말씀하셨지요. 그 가르침을 주실 때마다 '뭐가 그래요'라고 속으로 반박하곤 하였습니다.
이제 와서 생각해 보니 사람 노릇 한다는 게 얼마나 어려운 것인지 늦게서야 알았습니다. 그리고 왜 아버지께서 그런 말씀을 자주 하셨는지 그 참 뜻을 조금은 알 것 같습니다.

사람 노릇을 제대로 하지 못하고 살아온 게 몹시도 후회스럽지만 돌이킬 수 없는 일이고, 나의 후손들이라도 나와 같은 삶이 아닌 현명하고 멋진 사람 노릇을 하라고 가르치고 싶습니다.

지내놓고 '잘했다 못했다' 하는 것은 누구나 할 수 있는 일입니다. 다시 말해 시간이 지난 다음에야 진정한 삶의 통찰력을 터득하게 되지만 그것을 미리 안다면 우리는 훨씬 덜 후회할 삶을 살 것입니다. 그런 잘못된 부분을 자식들에게 가르쳐 부모와 같은 인생을 살지 않게 하는 게 부모의 역할입니다.

부모가 그렇게 원했던 대학을 공부하기 싫어서 진학하지 않았던 사람들도 '다시 중 · 고등학교 시절로 돌아가면 제일 하고 싶은 게 무엇이냐' 라는 질문에 뜻밖의 대답에 놀라지 않을 수 없습니다. '공부를 하고 싶다' 라고 대답한 사람이 대부분이었다고 합니다. 학창 시절에 그렇게 공부하기 싫었던 것을 왜 다시 하겠다는 것일까요? 살아보니 공부를 했을 때가 안 했을 때보다 인생을 훨씬 훌륭하게 살 수 있다고 생각하기 때문이겠지요.

대부분의 학생들은 공부를 열심히 해야 된다는 것을 어렴풋이 알고는 있지만 놀고 싶은 욕망 때문에 자신과의 싸움에서 지고 마는 것입니다.

바로 공부하고자 하는 의지가 놀고 싶은 의지보다 약한 것입니다.

이런 점을 잘 설득하고 가르쳐 주는 게 바로 부모의 몫입니다. 나의 자식 대에는 풍족한 사람 노릇을, 손자 대에는 수준 높은 사람 노릇이 이루어지기를 기원합니다.

수준 높은 사람이란 링컨 대통령, 테레사 수녀, 킹 목사, 베토벤, 학문을 열심히 하는 교수 같은 사람들을 말하는 것입니다. 이와 같은 수준 높은 사람으로 가문의 꽃을 피워야 합니다.

토마스 만의 작품 중에 3대째에 비로소 예술가가 나타난다는 것을 그린 「부덴브로크 가의 사람들」이라는 소설이 있습니다. 이 소설처럼 아버지의 평범한 '사람 노릇' 철학이 아들 대, 손자 대에 가서 가문의 꽃을 피웠으면 얼마나 좋을까? 하고 생각해 봅니다.

한 어리석은 아버지가 어리석음을 자식에게 물려주지 않기 위해 오랫동안 공부하고 또 연구하며 경험한 내용을 자식에게 가르쳐주고 싶습니다. 수준 높은 사람을 길러 내려면 우선적으로 수준 높은 사람을 교육시킬 수 있는 현명한 부모가 되어야 합니다.

부모는 자신의 수준만큼 자식을 기른다고 하는데 이 말이 옳다는 생각이 듭니다.

어떻게 사는 것이 바람직한 삶일까

인생을 다시 한 번 살아봤으면 하고 바랄 때가 있다.
그럴 수만 있다면, 내가 다른 사람들에게 보여 줄 수 있는 친절,
다른 사람들에게 해 줄 수 있는 좋은 일들을,
나는 지금 당장에 보여주고 해 줄 것이다. 미루거나 소홀히 하지 않을 것이다.
다시는 그 길을 걸을 수 없을 것이므로.
– 윌리엄 펜 –

(1) 자아 실현은 삶에 있어서 가장 중요한 것

중학교 1학년인 아들 녀석이 하루는 이런 말을 했습니다.

"아버지! 아버지는 이 세상에서 제일 멋진 분이세요. 나는 아버지 같은 사람이 되고 싶어요."

아들에게는 아마 자기에게 잘 해주는 아버지가 이 세상에서 가장 훌륭하다고 생각한 것 같습니다.

물론 여기에는 아버지를 향한 약간의 아부성 발언이라는 점도 담겨 있을 겁니다.

이유야 어찌 됐건 아버지를 좋아한다는 아들의 말에 기분이 우쭐해진 나는 평소에 바람직한 삶을 알려주고 싶었는데 어떻게 설명하면 좋을까? 생각하고 있던 차에 내심 무척 기뻤습니다.

"아들아! 노벨 평화상을 수상한 김대중 대통령의 아들이 너처럼 말을 했다면 과연 대통령께서는 뭐라고 대답했을까?"

아들은 묻자마자 재빠르게 "그래, 나같이 살아라."라고 기분좋게 대답했을 것이라고 했습니다.

아버지는 사회심리학자인 장 피아제가 말하는 자기중심적(自己中心的) 사고를 지닌 열두 살짜리 아들에게 어떻게 요령 있게 설명을 해야 될지 걱정이 되었습니다.

"아버지는 목표도 없이 살다 보니 나이만 많이 먹었지 해놓은 업적이 별로 없구나. 너는 인생을 아버지와 같은 삶을 살면 안 되지. 훨씬 더 훌륭한 인생을 살아 주었으면 좋겠다."라고 주문하였습니다.

거기에 덧붙여 김대중 대통령도 '나와 같은 인생을 살아라' 라고 말하지는 않았을 것이라고 했습니다. 자기보다 더 훌륭한 인생을 살아야 한다고 아들에게 일러주었을 것이라고 가르쳐 주었습니다.

'어떻게 사는 게 사람답게 제대로 사는 것일까?'

이런 질문을 던져 보지 않은 사람은 거의 없을 것입니다. 이 문제에 관하여 사색하고, 고민하고, 토론하는 것은 의미있는 일입니다. 이 기회에 깊이 있게 생각해 보는 게 어떨까요?

인간답게 사는 것, 아버지보다 더 훌륭한 삶, 김대중 대통령보다 더 훌륭한 삶이란 과연 어떤 삶일까요.

노예 해방에 앞장선 링컨 대통령, 문학의 대가인 셰익스피어, 그리고 평생을 헐벗은 사람들과 함께한 테레사 수녀 모두 훌륭한 분들이지만 자기 스스로 훌륭하다고 생각하지 않고 살아온 사람들입니다. 항상 목표를 두고 한 걸음 한 걸음 그 목표를 향해 멈추지 않고 끊임없이 노력한 삶을 살았을 뿐입니다. 그들은 자기 자신들이 목표가 아니라 자기들보다 좀 더 나은 삶, 좀 더 훌륭한 삶을 찾길 바랄 것입니다. 좀 더 훌륭한 링컨으로, 셰익스피어로, 테레사 수녀로 살라고 권했을 것입니다.

인간은 신처럼 완전하지 않습니다. 부족한 게 많은 게 인간입니다. 이 부족한 인간이 열심히 노력하여 자아 실현을 하려고 끊임없이 도전하는 것이지요.

미국의 심리학자인 매슬로우는 인간은 만족의 상태에 거의 도달하지 못하는 '부족을 느끼는 동물(wanting animal)'이라고 묘사했고, 해탈의 경지에 도달한다고 해도 만족하는 것은 잠시 뿐이고 또 무엇인가 갈망하는 것이 인간의 특성이라고 하였습니다.

(2) 바람직한 인간상 – 선택이 아니라 필수

한 번 밖에 살 수 없는 삶이기 때문에 누구나 바람직한 삶을 살려고 합니다. 바람직한 삶은 선택이 아니라 필수적인 것입니다.

인간은 거의 무한한 가소성(可塑性, 외부 압력으로 변한 모양이 압력을 멈추어도 그대로 유지하는 성질로, 인간도 교육에 의해 변화되며 교육을 중지했다고 해서 다시 교육받기 전의 상태로 돌아가지 않음을 뜻한다.)을 가진 존재로 잠재 가능성이 무한합니다. 즉 인간은 사회화의 과정을 통해서 참다운 인간으로 성장하는 사회적 동물입니다.

사람으로 태어나 「어떻게 살 것인가?」라는 명제는 가장 큰 문제입니다.

인간으로서 가장 가치 있는 삶이 어떤 것일까에 관하여 오랫동안 생각하고 고민한 끝에 우리가 지향할 바람직한 인간상(역주, 이규호 「인간의 사회화와 사회의 인간화」(서울 배영사, 1977) PP188~233)을 3가지로 요약하게 되었습니다.

첫째로 주체성 있는 인간이고, 둘째로 공동체 의식을 가진 인간이며, 셋째로 평생교육을 위한 능력과 의욕을 가진 인간으로 요약할 수 있었습니다.

다음의 3가지 사항들은 공부하기 지루하더라도 깊이 생각해 보고 삶의 방향에 기본을 삼으면 틀림없이 가치 있는 인생이 될 것입니다.

첫째, 주체성 있는 사람이 되어야 합니다.

자기의 의지나 자기 판단에 바탕을 둔 태도나 성질을 '주체성'이라 합니다. 주체성이 없는 사람은 타인의 의지나 남이 내린 판단에 의해 행동하는 한낱 허수아비에 불과하겠지요. 다시 말해 주체성 있는 사람이란 자기 자신이 주인으로 사는 것입니다.

주인으로 살기 위해서는,

첫째로, 주인은 자신에 관한 중요한 결정은 스스로 해야 합니다.

둘째로, 주인은 상대방과 입장이 바뀔 수 있으므로 서로의 약속을 지키겠다는 자세를 갖고 있어야 합니다.

셋째로, 주인은 자신의 독립과 자존감을 위협 받을 때 이를 지킬 힘이 있어야 합니다.

이 세 가지 조건을 갖추고 실천하는 사람이 바로 주체성이 있는 사람입니다.

내가 어떤 위치에 있느냐에 따라 입장이 다른 것을 보면 알 수 있습니다. 주인이었을 때의 입장과 손님이었을 때의 입장은 완전히 다릅니다.

사회에 나와 직장에 취직하여 직원이 되었을 때는 퇴근 시간을 기다리게 되고, 왜 사장님은 월급도 작게 주고 직원 생각을 해주지 않는지 야속할 때가 많습니다.

그러나 내가 사업을 해서 크던 작던 하나의 회사를 차려 사장이 되었을 때는 퇴근 시간을 정확하게 지키는 직원은 왠지 얄미워 보이고, 월급날은 왜 그리도 빨리 다가오고, 지불해야 할 돈은 왜 그리도 많은지 힘이 들 지경입니다.

또 다른 예를 들어 보면 멋지고 훌륭한 고급 주택에서 값비싼 음식을 대접받으며 사는 손님과 작은 집이라도 내 집을 갖고 화목한 가족들과 마음 편하게 음식을 나눠먹는 주인의 입장은 전혀 다를 것입니다.

도산 안창호 선생이 '주인인가 나그네인가'에서 주인이 되라고 한 것은 바로 이런 것들을 지적한 것이겠지요.

주인으로서 주체적으로 인생을 살아야만 인간답게 살 수 있습니다. 나그네로 인생을 산다는 것은 남의 집에 손님으로 주인의 눈치만을 살피며 살 수밖에 없습니다.

학교의 주인은 학생입니다. 그러나 학생이 주인이지만 주인 노릇을 하지 않습니다. 학교의 주인은 학생도, 교사도, 교감도 아니고 오직 교장 한 사람만이 주인입니다. B라는 사람이 한 학교에서 교사로, 교감으로, 교장으로 3번 근무했을 때, 운동장에 있는 휴지를 줍는 경우를 생각해 보니 교장의 역할을 수행할 때만 휴지를 줍는 주인이었고, 교사와 교감이었을 때는 나그네였습니다.

주인으로서 주체가 되었을 때에는 휴지가 보이지만 나그네에게는 휴지가 보이지 않습니다. B라는 사람도 학교에 있는 휴지가 교사 시절에는 보이지 않더니 교장 시절에는 보이더라고 말합니다.

똑같은 사람이지만 주인의 입장과 손님의 입장과는 너무나 다릅니다. 따라서 주체성 있는 주인으로 인생을 살라고 권하는 것입니다.

둘째로, 공동체 의식이 있는 사람이 되어야 합니다.

생활이나 운명을 함께하는 조직체를 공동체라고 하며 그 공동체의 요구에 따라 봉사하고 헌신하는 태도가 공동체 의식입니다. 인간은 본질적으로 사회적 동물이기 때문에 사회를 떠나서는 생활할 수 없습니다. 따라서 공동체 의식이 없다면 그 공동체는 발전은커녕 유지될 수 없습니다.

고도의 산업화로 바뀌면서 개인주의가 팽배하고 타인의 입장이나 이익에 무관심하고 오직 자기 자신과 가족의 이익에만 집착하는 경향이 오늘의 사회 현실입니다. 회사야 망하든 말든, 남이야 어떻게 되든, 자기 집단의 이익만을 위해 파업을 강행하다가 회사가 망해서 오갈 데 없는 실업자가 된 경우를 우리는 종종 보아 왔습니다. 또 의약 분업 사태 때 의사 집단과 약사 집단이 자기들의 이익을 위해 투쟁하는 모습을 신물나게 보아왔습니다.
　그렇지만 우리는 공동사회의 일원으로서 사리사욕을 버리고 공공의 이익을 앞세우는 것을 미덕으로 알고 살아온 민족입니다. 살기 어려웠던 조선 시대에도 일본의 침략시에도 우리는 한국적 노블레스 오블리주(혜택 받은 자들의 솔선수범, 지배층에게 요구되는 도덕적 의무)의 예를 많이 볼 수 있습니다.

일본의 침략에 의연히 일어나 목숨을 아끼지 않았던 의병들, 나라를 구하기 위해 귀중한 목숨을 바친 안중근 의사와 같은 애국지사들, 사방 100리 안에 굶어 죽어가는 사람들에게 곡식을 나누어 주었던 경주 최부자집 등 공동체를 위해 봉사하고 헌신한 사례들을 우리는 많이 볼 수 있습니다.

그렇지만 현재 가정에서 공동체 의식을 권하는 가정을 들어 본 일이 있습니까? 거론하기조차 부끄러운 일입니다.

목숨을 바치는 헌신 같은 것은 어렵겠지만 우리는 변해야 합니다. 우리 가정부터 변해야 합니다. 공익을 위해서 헌신하는 분들이 비웃음을 당하는 '웃기네' 풍조가 없어지고 그분들이 존경받는 풍토로 변해야 합니다.

셋째로, 평생교육의 능력과 의욕이 있는 사람이 되어야 합니다.

우리는 지식의 폭발 시대에 살고 있습니다. 하룻밤만 지나면 새로운 지식이 밀려오는 시대에 살고 있습니다. 폭주하는 지식의 시대에 살면서 평생교육의 필요성을 부정할 사람은 한 사람도 없을 것입니다.

그렇지만 평생 동안 공부하는 사람은 극히 보기 힘든 것이 현실입니다. 일 년 동안 책 한 권도 보지 않고 사는 사람이 대부분입니다.

어려운 어휘, 영어, 한문을 보고 이해할 수 있는 능력을 갖는다는 것은 쉬운 일이 아닙니다. 부단히 노력하는 사람만이 공부할수 있는 능력을 가질 수 있습니다. 평생 동안 책을 놓지 않고 공부할 수 있는 의욕이 무엇보다 더 중요합니다.

세계적인 정신분석학자인 프로이트는 80세가 넘어서도 저술하면서 죽었다고 합니다. 무엇보다도 평생교육의 능력과 의욕은 사람을 발전시키는 데 가장 중요한 요소입니다.

'어떻게 사는 것이 사람답게 제대로 사는 것일까?' 라는 것은 중요한 문제입니다.

인간답게 사는 바람직한 인간상을 요약해 보면 민족적 주체성을 가진 한국인, 인간적 주체성을 가진 자율인, 공동체 의식을 가진 사회인, 그리고 끊임없이 학습하는 발전인의 자세로 자아 실현을 하기 위해 최선을 다하는 삶이 바로 인간답게 사는 바람직한 인간상이라고 생각합니다.

　어떻게 사는 것이 바람직한 삶일까? 철학자가 다루어도 어려운 문제인데 보통 사람이 말하기에는 너무나 어려운 문제이다. 그래서 학자들의 이론을 참고하였고, 많은 생각을 해보았다.

　바람직한 인간상은 민족적 주체성을 가진 한국인(韓國人), 인간적 주체성을 가진 자율인(自律人), 공동체 의식을 가진 사회인(社會人), 그리고 끊임없이 학습하는 발전인(發展人)의 자세로 자아 실현을 하기 위해 최선을 다하는 삶이라고 요약된다.

　그리고 우리 모두는 어린이에게 이렇게 살아야 된다고 가르치면 어떨까?
　지나친 과보호와 지나치게 허용적인 교육 방법이 최선이라고 생각하는가?

바람직한 삶의 조건

배운다는 것은 당신이 이미 알고 있는 것을 찾아내는 것이다.
행한다는 것은 당신이 알고 있다는 것을 증명하는 것이다.
가르친다는 것은 사람들에게 그들도 당신만큼 잘 알고 있다는 것을 상기시켜 주는 것이다.
당신들은 모두 배우는 자이며 가르치는 자이다.
− 리처드 바크 −

사람은 저절로 인간답게 살아지는 것이 아닙니다. 노력하는 사람에게만 행복은 오게 되어 있습니다. 그렇다면 바람직한 삶을 살기 위해서 반드시 필요한 것은 무엇일까요?

첫째로, 지식을 많이 쌓아야 인간답게 살 수 있습니다.

사물의 이치나 다른 사람의 생각을 이해하기 위해서 반드시 필요한 게 바로 지식입니다. 예를 들어 한 권의 책을 읽을 때 이해하는 속도나 이해되는 양은 초등학교 출신과 대학 출신이 서로 다른 것은 뻔한 이치입니다.(보편적으로) 따라서 지식을 많이 쌓아야 사물의 이치와 상대방의 생각을 잘 이해할 수 있을 것입니다. 이 점이 바로 공부를 많이 해야 하는 이유 중 하나라고 생각합니다.

공부를 많이 하면 좋다는 것은 다 아는 사실이지만 공부하기를 좋아하는 사람은 거의 없습니다.

초 · 중 · 고 학생들이 부모나 교사로부터 듣는 말 중에 가장 듣기 싫은 말이 "공부해라."라는 것입니다.

그렇지만 1997년 모 일간지에서 성인들을 대상으로 다시 중 · 고 시절로 되돌아간다면 '제일 하고 싶은 것이 무엇이냐?' 라는 질문에 놀랍게도 학창시절에 그토록 싫어했던 '공부를 하고 싶다'가 1위(66.9%)를 차지했다고 합니다. 이것은 공부하는 것은 싫지만 반드시 해야만 된다는 것으로 해석할 수 있습니다.

따라서 평생교육의 차원에서 항상 공부를 하여 바른 생각과 미래를 예측하는 현명한 사람이 되어야 인간답게 살 수 있습니다.

둘째로, Art(예술)을 통하여 다른 사람의 감정(感情)과 아름다움(美)을 감상할 수 있어야 인간답게 살 수 있습니다.

값비싼 음악회를 즐길 수 있고 수준 높은 명화나 문화재를 재미

있게 감상할 수 있다는 것은 동물과는 다른 인간만이 가진 특권입니다.

음악을 들려준 오이가 훨씬 더 크게 자랐고, 음악을 들려준 젖소가 더 많은 양의 우유를 생산하는 것은 다 아는 사실로 예술의 중요성을 말해 주고 있습니다. 따라서 예술을 수준 높게 감상할 수 있어야 인간답게 살 수 있다는 것입니다.

셋째, 다른 사람과 함께 더불어 조화롭게 사는 삶이 바람직한 삶입니다.

부부와 조화롭게, 가족과 조화롭게, 친척과 조화롭게, 이웃과 조화롭게 산다는 것은 그리 쉽지 않습니다. 성공의 비결 중에 제일 중요한 것이 인간 관계라고 하는데 바로 이것을 말하는 것입니다.

바람직한 인간 관계를 위해서 입[口]으로, 손[手]으로, 발[足]로 실행해 주기를 권하고 싶습니다. 입으로 하는 것으로 수분(守分)이라고 하는 어느 분의 좌우명을 생각해 보는 것도 의미 있을 것으로 생각되어 소개합니다.

그가 없을 때 그를 칭찬하고
그를 대할 때 그를 존경하고
그가 괴로울 때 그를 위로하고
그가 방황할 때 그를 격려하자

말로 하는 것 못지않게 중요한 것이 글로 전하는 것입니다. 하고 싶은 말이나 마음을 문장으로 표현할 때 때로는 큰 감동을 줄 수 있습니다. 바로 연애편지와 같은 것이겠지요.

말이나 글로 전하는 것도 좋지만 그보다 직접 찾아가 위로하고 격려하며 축하하는 것도 성공하는 사람들의 비결이라는 것을 기억해 주기 바랍니다.

멋진 삶, 바람직한 삶은 저절로 되는 것이 아니라 노력하고 또 노력해야만 되는 것이다. 그 노력은 바로 지식과 예술을 깊이 있게 공부하여 평생 교육의 능력을 기르고 의욕 있는 사람이 되어야 한다.

그리고 다른 사람과 함께 조화롭게 사는 삶이 바로 인간답게 살 수 있는 조건이다.

2

삶의 의지

2. 삶의 의지

아빠와는 말이 안 돼, 왜

-말이 되게 할 순 없을까

군자는 말을 잘 하는 사람의 말에만 귀를 기울이지 않고
말이 서툰 사람의 말에도 귀담아 듣는다.
- 공자 -

(1) 자식 이기는 부모는 없다

우리의 속된 말 중에 '자식 이기는 부모는 없다'라는 말이 있습니다. 이런 말이 진리인양 자식의 부족한 행동도 모두 허용해 버리는 부모가 대부분입니다.

정말, 이런 부모의 태도가 옳은 것일까요?
성숙하지 못한 자식들의 부족한 행동을 그냥 버려둘 것이 아니라 바람직한 행위로 바꾸어 놓는 것이 부모의 책무라는 것에는 대부분의 부모가 동의하지만 동의한 내용을 실천하지 못하는 것이 현실입니다.

바람직한 사람을 만드는 것이 교육이라면 교육적인 측면에서 그것은 어긋나는 일입니다.

자식의 부족한 행동을 바르게 고쳐야 된다는 필요성은 알고 있지만 분별 없는 욕망의 행동을 추구하기 위한 자식의 저항에, 부모는 쉽게 무너지고 맙니다.

대부분의 부모들은 필요성에 의해서 자식에게 요구하고, 자녀들은 욕망에 의해서 행동하고 싶어 합니다.

필요성과 욕망은 서로 상반되는 관계로 충돌하기가 쉽습니다. 그래서 부모와 자식 사이에는 초등학교 5학년을 넘어서면 아버지와 함께 있는 것을 부담스러워 한다고 합니다. 자식은 커가면서 부모와 대화가 적어지고 본인의 일들을 부모에게 상의하지 않고 통보하는 형식으로 모든 일이 진행되어 갑니다.

만약, 자식의 일에 문제점을 제기하면 스스로 알아서 하겠으니 걱정하지 말라고 합니다. 이럴 때 '자식 이기는 부모는 없다' 라는 말과 다른 사람들도 다 그렇게 산다고 합리화시키면서 자신을 위로하지만 내심으로는 속상해 합니다.

(2) 왜 통하지 않을까?

전국 청소년 2,242명을 대상으로 '청소년의 생활 의식과 대화 실태'를 조사해서 체육청소년부 산하 청소년 대화의 광장이 다음과 같이 발표한 바 있습니다.

'자라면서 가장 이야기를 많이 나눈 대상이 누구일까요?'라는 질문에 청소년들은 동성 친구가 46.8%로 제일 많았고, 어머니 (21.3%), 아버지(5.2%), 형제 자매(13.2%), 학교 선생님(0.5%)으로 나타났습니다.

'여러분의 희망을 누구와 주로 이야기 합니까?'라는 질문에서도 친구(43.0%), 부모(28.2%)로 위의 질문과 비슷하게 나타났습니다.

동성 친구와 상의하는 경우가 50% 가까이 되는 것은 자연스러운 현상입니다. 자연적으로 형성되는 동료 집단은 '우리들'이라는 감정이 있고 그들 자신의 규칙이 있습니다. 평등하고 대등한 관계를 유지하면서 동지적인 감정으로 단결되기 때문에 부모에게 상의하기 어려운 내용들도 자기들끼리는 쉽게 상의합니다.

자녀들과 부모와의 관계는 권위적이고, 함께 공유하는 생각도 별로 없고 평등한 관계도 아닙니다. 그래서 대화가 통하지 않습니다.

부모도 역시 자기 또래의 친구들과 함께 어울리는 것이 무엇인지 확실히 모르지만 사고 방식도 공유할 수 있고 편안하다는 것을 느낄 수 있습니다.

마찬가지로 아이들은 아이들대로 그렇게 생각한다는 것입니다. 바로 세대 차이라는 것이겠지요. 그렇지만 자식을 위해서 부모는 자식에게 가깝게 다가가 잘 가르치려고 해야 합니다. 가깝게 가는 게 어렵지만 도저히 이해하기 힘든 아이돌 그룹을 이해하려고 노력해야 자식에게 가깝게 갈 수 있습니다.

젊은 사람들의 사고 방식을 이해하려고 노력하며 인격적으로 대해 주고 자식의 입장에서 생각하는 태도로 변한다면 틀림없이 성공할 수 있습니다. 그렇게 하면, 청소년이 부모에게 의논하는 비율도 높아지게 될 것입니다.

(3) 남에게 대접받고자 하는 대로 너희도 남을 대접하라

'자식은 남은 것을 부모에게 주지만 부모는 자식에게 모든 것을 준다'고 합니다. 대부분의 부모들은 자식을 위해서는 목숨까지도 줄 수 있지만, 자식은 부모님의 그런 마음을 알아주기는커녕 부모의 생각과는 거리가 먼 엉뚱한 행동만 해서 부모의 마음을 아프게 합니다.

왜 자식은 부모의 마음을 몰라줄까요?

4살 먹은 아이가 옆에 있는 아이의 장난감을 빼앗아 자기 것이라고 자랑하는 것을 자아 중심성이라고 합니다. 사람에게는 이 자아 중심성의 본능이 있고 자기 입장만이 중요하다고 생각하는 게 본성입니다.

그렇다면 사람은 입장을 바꾸어 생각하는 태도를 학습해야 합니다.

'남에게 대접받고자 하는 대로 너희도 남을 대접하라'는 성경 말씀을 가르쳐야 합니다. 사람은 누구나 자기의 가치를 인정받고 귀한 대접을 받으려고 합니다. 그런데 친구에게 받은 조그만 호의는 무척 고마워하면서 부모에게 받는 사랑은 당연하다고 생각하곤 합니다.

부모도 자식에게 사랑받고 가치를 인정받으려는 마음이 간절하다는 것을 알아야 합니다. 가까운 사이일수록 그들이 해주는 일들을 고맙게 생각한다면 부모와 자식 사이의 관계가 훨씬 가까워지고 스트레스도 적게 받으며 생활이 훨씬 즐거워질 것입니다.

그러므로 자기의 가치를 인정받고 귀한 대접을 받기 원한다면, 누구나 '입장을 바꾸어 생각합시다'라는 말을 생각해 보면 상대방의 마음을 이해하게 될 것입니다.

(4) 자식에게 지지도 이기지도 말고 자식의 마음을 읽을 수 있는 부모가 되어야 합니다

맹자의 어머니가 세 번 이사를 해서 맹자를 탄생시켰고, 한석봉의 어머니는 학문을 다하지 못하고 돌아온 자식을 매정하게 돌려보낼 수 있는 냉철함으로 자식 교육에 성공할 수 있었습니다.

자식에게 가깝게 다가가 친구가 되어주고, 또 놀아주는 부모, 그리고 일반적으로 엄부자친형이 좋을 것입니다.

선생님에게 매 몇 대 맞고 집에 돌아온 귀한 아들을 보고 파출소로 달려가 선생님을 고소하는 현실입니다. 자식 사랑에 문제가 있다는 것을 깨닫고 항상 생각하고 연구하는 부모가 되어야 합니다.

부모는 자식에게 지기만 해서도 안 되고 이기기만 해서도 안 됩니다. 자식의 마음을 읽고 때로는 져주기도 하고, 때로는 이기기도 하여 바른길을 갈 수 있게 하는 지혜로운 부모가 되어야 합니다.

어린 아이들에게 어떻게 가르칠까

교육의 목적은 인격의 형성에 있다.
교육의 목적은 기계적인 사람을 만드는 데 있지 않고, 인간적인 사람을 만드는 데 있다.
또한 교육의 비결은 상호 존중의 묘미를 알게 하는 데 있다.
일정한 틀에 짜여진 교육은 유익하지 못하다.
창조적인 표현과 지식에 대한 기쁨을 깨우쳐주는 것이 교육자 최고의 기술이다.
– 아인슈타인 –

인간답게 사는 방법을 어려서부터 가르치는 것이 효과적이라
면 과연 가능할까? 충분히 가능합니다 '세 살 버릇이 여든까지 간
다' 라는 옛말에서 우리는 세 살부터 가르쳐야 된다는 확신을 얻
을 수 있습니다.

세계적인 석학 브루너(Bruner)는 「교육의 과정」에서 '어떤 발달
단계에, 어떤 아동에게도, 어떤 교과든지, 그 지적 성격에 충실한
형태로, 효과적으로 가르칠 수 있다' 라고 하여 표현 방법의 수준

만 학생에게 맞추면 어떠한 학생이든지 지식의 구조를 이해할 수 있다고 하였습니다.

이 표현 방법은 작동적 표현(作動的 表現), 영상적 표현(映像的 表現), 상징적 표현(象徵的 表現)으로 나눕니다.

1. 작동적 표현(1~6세) 실제 행함으로써 어떤 원리와 기본 개념을 이해하는 것이다. 「천칭의 원리」에서 어린이들이 실제로 시소를 타게 함으로써 이러한 원리를 이해하게 하는 것이다.

2. 영상적 표현(7~11세) 「천칭의 원리」에서 천칭의 모형이나 그림을 통해서 이 원리를 이해하는 단계이다.

3. 상징적 표현(12세 이상) 「천칭의 원리」를 '힘×거리 =「힘」×「거리」라는 공식이나 언어를 써서 이해하는 것이다.

보편적으로 위와 같지만 개인의 지능이나 발달 속도에 따라 달라질 수도 있습니다.
브루너의 지식 표현 방법을 활용한다면 우리는 아이들에게 얼마든지 사람답게 사는 방법을 가르칠 수 있을 것입니다.

2. 삶의 의지

로고테라피

인간에게는 이름이 셋 있다. 태어났을 때 부모가 지어준 이름,
우정에서 우러나 친구들이 부르는 이름, 생애가 끝났을 때 얻게 되는 명성이다.
– 탈무드 –

"영수야, 며칠 전 **TV**에서 단국대학교를 졸업했다는 팔이 없는
여자를 보았지?"

"아, 발가락으로 그림을 그리는 여자 말인가요?"

"그래. 그 사람을 보고 무엇을 느꼈니?"

"대단한 사람이라고 생각하였어요."

"팔 없는 그 여자가 삶의 목표가 없었다면 어떻게 되었을까?"

"나라가 운영하는 시설에 들어가서 살아야 하지 않나요?"

팔과 손이 없이 발가락으로 그림을 그린다는 것은 누구나 상상

하기조차 힘든 일이지만 실제로 그 여자는 성공하였고 열심히 살고 있습니다.

아버지는 어느 아주머니의 이야기를 계속 하였습니다. 편모슬하에 아들이 하나 있었습니다. 어머니는 청소부로 일하면서 훌륭한 자식으로 키우기 위하여 힘든 줄 모르고 어려운 일을 서슴지 않고 열심히 닥치는 대로 일을 하였습니다.

어머니는 오직 아들만을 위하여 자신을 희생하겠다고 각오를 했기 때문에 어렵고 힘든 일이었지만 즐거웠습니다. 아들 또한 자식만을 위하여 살아가는 어머니의 사랑에 보답하기 위해 어머니의 뜻에 따라 열심히 공부 하였습니다.

그 후 아들은 성공하여 검사가 되어 남부럽지 않은 가정을 이루었습니다. 아들은 자기만을 위해 살아온 어머니를 부인과 함께 극진히 모셨습니다. 하지만 어머니는 살아가는 것이 즐겁지 못했습니다. 옛날 먹지도 입지도 못했던 시절은 그런 대로 즐거웠는데, 잘 입고 잘 먹으며 잘 대접받고 편히 사는데도 재미가 없었습니다.

그런지 얼마 후에 어머니는 자살로 인생을 마쳤다고 합니다.

"영수야, 그 어머니는 왜 자살로 인생을 마쳤을까?"

영수는 말이 없었습니다.

이를 설명하기 위해 아버지는 빅터 프랭클의 실존분석 이론을 응용해 보기로 하였습니다.

"영수야, 아들이 성공하기 전에는 어머니의 모든 삶의 의미가 아들의 성공에 있었지. 그래서 아들의 성공을 위해서는 힘든 일도 기쁜 마음으로 할 수 있었을 거야. 하지만 아들이 성공하고 나니까 어머니는 삶의 목표가 없어진 것이지. 다시 말해 의미를 지향하는 의지인 목표가 없어졌어. 그래서 어머니는 사는 재미가 없어진 것이고 결국 어머니에게는 살아야 할 의미가 없어진 것이지."

아버지의 설명에 이해가 된다는 듯이 고개를 끄덕였습니다.

"아버지, 의미를 지향하는 의지란 무엇인가요?"

영수의 관심에 아버지는 무척 기뻤습니다.

아버지는 빅터 프랭클의 『죽음의 수용소에서』라는 책의 내용을 인용하였습니다. 2차 세계대전 당시 나치들은 아우슈비츠 강제수용소에서 많은 유태인들을 살해하였습니다. 그 당시 아우슈비츠 수용소에 수감된 F라는 사람은 자신이 1945년 5월 30일이 되면 여기서 해방될 것이라는 꿈을 꾸고 희망에 넘쳐 그 꿈을 진심으로 믿고 있었습니다. 하지만 들려오는 정보로는 해방될 가능성이 없다는 것이었습니다. 5월 29일, F는 갑자기 고열이 났고, 5월 31에 숨을 거두고 말았습니다.

또한 가혹한 노동이나 전염병 질환으로 악화된 영양 상태의 악조건 속에서도 죄수들은 사망하지 않았는데, 크리스마스 때면 해방될 수 있다는 희망이 무너짐에 따라 많은 사람들이 죽어갔습니다.

5월 30일에 해방될 수 있다는 희망이 무너져 F는 사망했고, 또 다른 경우 크리스마스 때에 해방될 수 있다는 한 가닥 희망이 무너져 대량 사망했다는 것입니다.

위의 두 가지 예는 바로 삶의 의미가 없어지면 인간은 공허감을 느끼며 무가치하게 된다는 것입니다.

빅터 프랭클 박사 자신이 아우슈비츠 강제수용소에 수감되어 사람으로서 견디기 어려운 고통을 이기고 초인적으로 살아남은 것은 '로고테라피'를 세상에 알리려는 삶의 의미가 있었기 때문이라고 고백했습니다.

아들을 성공시키기 위해 열심히 살다가 자살로 끝낸 그 어머니도 아들을 성공시킨 후에 또 다른 삶의 의미를 설정했더라면 자살하지 않고 잘 살았을 것입니다.

수용소에서의 해방, 그 어머니의 목표가 바로 삶의 의미를 지향하는 의지라고 설명하였습니다.

케네디 대통령이 취임사에서 언급한 "국가가 당신을 위하여 무엇을 해줄 수 있을까? 하고 묻지 말고, 당신이 국가를 위해서 무엇을 할 수 있을까?"라는 각 개인에게 준 과업은 바로 프랭클의 영향을 받은 것입니다.

로고테라피의 의미는 인생의 의미를 찾는 것을 돕는 것이고, 존재의 숨은 로고스(의미)를 깨닫게 함으로써 삶의 의미를 찾아 그 목표를 향하여 발전해 나가는 것을 말합니다. 로고테라피는 교육도 설교도 아닙니다.

비유적으로 말하면 로고테라피스트의 역할을 화가의 역할이라기보다 안과의사의 역할이라고 할 수 있습니다. 화가는 자기가 보는 대로의 세계를 우리에게 전해 주려고 하지만 안과의사는 우리들로 하여금 세계를 그대로 볼 수 있게 해줍니다,

로고테라피스트의 역할은 사람들이 삶의 의미와 가치의 범위를 깨닫고 볼 수 있도록 시야를 넓히고 확대해 주는 것이라고 프랭클 박사는 말했습니다.

이어서 아버지는 대화의 주제에 대하여 보다 실제적인 이해를 돕기 위해 대우 김우중 회장의 이야기를 하였습니다.

김우중 회장이 대학을 졸업하고 한성실업에 근무하다가 자본금 500만 원과 직원 5명으로 큰 꿈을 가지고 '대우실업'을 설립하였습니다. 기업 활동을 통해 사회 발전에 이바지하겠다는 것이었고, 그 꿈이 현실화되어 10년 만에 그 당시 우리 나라에서 제일 큰 빌딩을 갖게 되었는데 지금 서울역 앞에 있는 대우센터가 바로 그것입니다.

그 후 김 회장의 또 다른 꿈은 그가 생전에 반드시 세계에서 으뜸가는 품질의 상품을 만들어 보겠다는 것이었습니다. 그는 세계 기록을 여러 개 세웠는데 대우조선소의 도크는 세계에서 가장 크

고, 부산의 봉제 공장 또한 세계 최대 규모이며 섬유 판매량도 세계 기록을 세웠다고 합니다. 그러나 아직 못 이룬 것이 있는데 그것은 세계에서 으뜸가는 품질의 상품을 만들겠다는 것입니다. 만년필 하면 '파카', 카메라 하면 '니콘' 하듯이……

그러나 더 큰 꿈은 존경받는 기업인이 되는 것이라고 『세계는 넓고 할 일은 많다』라는 그의 저서에서 말하고 있습니다. 그 얼마나 멋진 꿈인가? 이는 또한 적극적인 의미에서 삶의 의미를 지향하는 의지일 것입니다.

국민의 정부 시절 혹독한 IMF에 대우재벌은 견뎌내지 못하고 도산되어 너무나 안타깝습니다.

김우중 회장의 큰 꿈인 존경받는 기업인으로 남았으면 얼마나 좋았을까요?

사람이 사는데 중요한 것은 과업에 도전하여 극복하는 데서 즐거움을 느끼며 한 과업이 끝나면 다음 과업에 도전하는 것입니다. 삶의 의미를 수행하려고 하는 의지가 없다면 삶은 그 자체가 무의미한 것이며 동물과 다를 바가 없습니다. 따라서 푸른 꿈을 갖고 그 꿈을 실현하고자 최선을 다하여야 하며 최선을 다할 때 인생의 삶은 성공하게 될 것이 틀림없을 것이라고 하였습니다.

　삶은 목표가 있어야 하며 그 목표를 실현하는 과정에서 즐거움을 얻고 또한 그 목표가 달성되었을 때 큰 기쁨을 얻을 수 있다. 삶에 의미를 갖고 산다면 틀림없이 그 삶을 빛낼 수 있다.

　삶의 목표는 인생 계획, 연 계획, 월 계획, 하루 계획을 세워 최선을 다해 실천하는 것을 생활화해야 되며, 부모는 자녀의 계획에 대하여 확인하고 토론하면 효과적이다.

　김기창 화백, 헬렌 켈러 같은 사람은 좋은 본보기이다.

　빅터 프랭클의 「죽음의 수용소에서」 참고

자녀의 진로 선택과 부모의 역할

뛰어난 사람은 두 가지 교육을 받고 있다.
그 하나는 교사로부터 받는 교육이요,
다른 하나는 자기 자신으로부터 받는 것이다.
- 탈무드 -

(1) 주방으로 떠난 치과의사

미국에서 90년대 초에 가장 인기 있던 직업은 무엇일까요?

변호사?

대통령?

대학 교수?

모두 아닙니다. 예상외로 '주방장'입니다. 연봉이 20만 달러, 우리 나라 돈으로 1억 6000만 원이나 된다고 합니다. 선진국 중의 선진국이라고 할 수 있는 미국에서 가장 인기 있는 직업이 주방장이라는 것에 대해서 여러분은 의아하게 생각하겠지요. 그런데 과연 우리 나라에서는 주방장이 얼마나 인기가 있을까요? 우리의 현실과는 너무나 거리가 멀다는 생각이 듭니다.

다음에는 『주방으로 떠난 치과의사』라는 책을 펴낸 주인공 이정하 씨의 사례를 한 번 생각해 보겠습니다.

| 이정하 씨의 이야기 |

신설동에서 태어났습니다. 여덟 살에 동네에서 못살게 구는 아이를 패주었다가 집안에서 며칠간 숨어 지냈습니다.

경기중학교에 시험을 쳤습니다. 낙방, 재수 했습니다.

서울고등학교에 입학했습니다.

모범생 소리가 듣기 싫어서 '싸나이'답게 살려고 했습니다. 하지만 논다는 친구들과 어울려 흉내만 낼 뿐이었습니다.

돈을 벌려고 상대에 입학했습니다. 그러나 돈이 인생의 목적이 될 수 없다는 것을 깨달았습니다. 휴학, 또 재수했습니다.

서울대학교 치과대학에 입학했습니다. 나환자촌에 봉사활동을 가서 의사의 기쁨을 처음으로 느꼈습니다. 그러나 내용 없는 강의를 보면서 본과 3개월 만에 자퇴했습니다.

서울대학교 치과대학에서 자퇴한 최초의 사람이 되었습니다.

'10월 유신'에는 술을 먹었다고 오줌통이 터지도록 두들겨 맞았습니다. 진짜로 오줌통이 터졌습니다. 곡절 끝에 복학했습니다.

그녀를 만나 결혼을 했고 의사가 되었습니다. 하지만, 장사꾼이 되어 간다는 생각에 늘 고민을 했습니다.

그러다 딱 마흔 살이 되던 날에 변신을 했습니다.
식당 주방장이 되었습니다. 처음에는 부끄러워 배달을 할 수가 없었습니다. 그래서 면도를 하지 않았습니다. 수염을 기른 것이 아닙니다. 그래서 털보라고 불렀습니다.
한때는 버스 운전기사가 되려고 했습니다. 버스에 우리 가족 모두를 싣고 골목길을 누비는 게 꿈이었습니다. 어느 날은 음악가가 되려고 했습니다. 피아노 소리가 울리는 옆집 계단에 쭈그리고 앉아 허공에다 오선지를 그렸습니다. 그러다가 돈을 많이 벌려고 결심했습니다. 하지만 이 역시 내가 갈 길이 아니라는 걸 알았습니다. 어느덧 나이가 들었습니다. 가는 것은 시간뿐이었습니다.

위의 사례에서 보면 이정하 씨는 앞으로 '주방장'이라는 직업이 미국에서와 같이 인기 있는 직업이 될 것이라는 것을 예상하고 주방장을 선택한 것이 아닙니다.
『주방으로 떠난 치과의사』라는 책에서 '나 사실 지긋지긋했던 치과일 그만두는 것에만 신경을 썼지, 그 다음에 무엇을 할까는 전혀 염두에 두지 않았다. 그저 쉬고 싶은 마음뿐이었다. 그래서 난 졸지에 실업자가 되어 버렸다. 사십이 되어 새로 시작하는 일은 죽더라도 하고 싶은 일을 하자. 하지만 꼭 마음에 드는 일을 찾기란 어려웠다.' 라고 술회한 것을 보면, 주방장이 인기 있을 것이라는 생각을 해서도 아니고, 식당일이 최상의 직업이라서 선택했던 것도 아니며, 그저 사람들이 많이 모이는 걸 좋아했고 자유스럽게 다른 일도 할 수 있어서 주방장을 선택했다고 합니다.

40이 된 치과의사가 고민 끝에 선택한 주방장, 청소년들은 한번 생각해 볼 가치가 있다고 생각합니다.

주방장과 치과대학, 어떠한 관련이 있을까요?

다시 말해 6년간의 치과대학 공부가 주방장 일에 얼마나 많은 도움이 됐을까요? 차라리 현재의 주방장 일에는 식품 영양학과나 식품 공학 같은 학과가 훨씬 도움이 되지 않을까요?

한 마디로 진로 선택이 잘못된 경우입니다. 다원화된 현대 사회의 매스컴에서나 가끔 볼 수 있는 일입니다. 그런데 수많은 치과의사 중에 주방장이 된 사람은 이정하 씨 밖에 없다는 것이 중요합니다.

자신의 직업에 흥미를 갖고 후회없이 산다는 것은 무척 중요한 일입니다. 그렇게 하기 위해서는 어려서부터 체계적인 진로 교육이 이루어져야 가능합니다. 주방으로 떠난 치과 의사와 같은 경우도 체계적인 진로 교육이 없었기 때문입니다.

(2) 행복의 조건

"모든 사람들이 추구하는 인생의 궁극적인 목적은 무엇이라고 생각하십니까?"라는 질문에 대부분의 사람들은 '행복하게 사는 것'이라고 대답할 것입니다. 철학자인 아리스토텔레스도 행복이라고 하였습니다.

그렇다면 행복하게 사는 데 가장 중요한 것은 무엇일까요?

바로 '직업 선택'이라고 할 수 있습니다. 대부분의 사람들은 성장하여 죽을 때까지 일을 하는데 그 일터가 바로 직장입니다. 따라서 평생 동안 수면 시간을 뺀 가장 많은 시간을 보내야만 하는 곳이 직장이며, 그 직장에서의 성공 여부가 바로 개인의 인생의 성공을 좌우하는 것이 됩니다. 즉 직업을 제대로 선택했느냐 못했느냐로 인생을 행복하게 사느냐, 못 사느냐가 결정된다고 할 수 있습니다.

따라서 한 사람의 생애에 가장 중요한 것이 진로 선택이라는 것은 누구도 부인할 수 없을 것입니다. 일류 학교를 나와 일류 직장을 가졌다고 해서 그 인생이 성공했거나 행복하고 보람된 것은 결코 아닙니다.

일에 흥미도 느끼지 못하고 적성에 맞지 않는 직업에 평생토록 종사한다면, 만족이나 행복을 느낄 수 없다는 것은 당연한 일이지요.

종합병원 외과 담당 의사로 일하고 있는 S씨의 얘기를 들어보면, 원래 S씨는 화가가 꿈이었는데 부모의 강요에 못 이겨 의사가되었다고 합니다. 지금은 2남 1녀의 자식을 둔 가장으로, 남들이보기에는 행복한 가정의 가장으로 보입니다. 그러나 S씨는 하루하루의 삶이 도무지 힘만 들뿐 즐겁지 않다고 합니다.

"난, 원래 의학에는 취미가 없고, 화가가 되는 것이 꿈이었소. 언젠가는 의사를 그만두고 다시 공부를 시작하고 싶소."

S씨가 평소 입버릇처럼 하던 말이었습니다. 요즈음 그는 병원에서 퇴근하거나 쉬는 날이면 조그만 화실에 들어앉아 나올 줄을모른다고 합니다. 이제 S씨는 가족 부양의 책임 때문에 의사직을그만둘 수가 없지만 화가의 꿈과 미련은 버릴 수 없다고 합니다.

라이만(Lyman)이라는 학자는, 가정의 사회 경제적 수준이 높은학생은 자신의 성격에 맞는 직업을 선택하고, 낮은 학생은 경제적이점이 있는 직업을 선택한다고 했으며, 센터스(Centers)라는 학자는 가정이 사회 경제적으로 상위 수준인 사람은 일 자체의 흥미를중시하고, 중위 수준의 사람은 자아 실현을 중시하며, 하위 수준은 직업의 안정성을 중시한다고 하였습니다. 또한 딜라드(Dillard)라는 학자는 자녀의 진술로 의식의 성숙은 부모 교육 수준, 직업 수준, 경제 수준, 즉 가정의 사회 경제적 지위와 긴밀한 상관이 있다고 하였습니다. 결국 선진국의 경우, 상위 수준의 가정에서는 경제적 안정성보다는 적성과 흥미에 맞는 직업을 선택하는 경향이 있다는 것입니다.

우리들은 흔히 '먹고 살기 위해서'라는 말을 사용합니다. 자신은 직장에 근무하기 싫은데 할 수 없이 호구지책으로 일하고 있다는 말이겠지요. 생각해 보면 얼마나 불행한 일입니까? 물론 직업은 먹고 살기 위한 생계 수단뿐만이 아니라 사회 봉사와 자아 실현의 수단으로서 더욱 중요하게 인식되어야 합니다.

진로 교육이란, 개인으로 하여금 자신의 진로를 현명하게 계획하고 이에 대한 준비를 하여 신중한 선택을 하도록 돕고, 선택한 진로에서 계속적인 발전을 이루어 보람차고 행복한 삶을 누릴 수 있도록 도와주는 과정입니다. 따라서 진로 교육에서 가장 중요한 것은 '나는 누구인가', '나는 어떤 사람인가?'를 탐색하는 것입니다.

자아를 탐색한다는 것은 자신의 의미와 가치를 발견한다는 것과 자신의 능력과 특성을 발견한다는 것입니다. 진정한 자신의 모습을 발견하는 사람이야말로 행복하고 만족스러운 삶을 살아 갈 수 있는 것입니다.

바람직한 진로 선택은 '진정한 나'를 찾고 행복한 삶을 실현해 가기 위한 자신의 길을 찾는 것입니다. 부모가 자녀의 삶을 대신 살아줄 수 없듯이, 자녀의 인생이므로 부모는 자녀의 입장으로 돌아가 자녀 스스로 자기의 진로를 잘 결정할 수 있도록 길잡이, 즉 안내자 역할을 해주는 것이 진로 교육에서 바람직한 부모의 역할입니다.

부모의 인생을 자녀의 인생에 투영시켜, 부모들이 못다 이룬 꿈을 자녀를 통해 이루려는 것은 자녀의 인생을 실패로 이끌기 쉽다는 것을 생각해야 합니다.

미국에 있는 크라이슬러 회사의 아이아코카 회장은 자기가 가장 잘할 수 있는 분야에서 열심히 일했기 때문에 성공할 수 있었고, 영국의 칼라일은 자기가 흥미있는 일을 찾아서 열심히 일하면 행복해질 수 있다고 했습니다.

행복의 조건, 그 중에 가장 중요한 것은 자신의 능력이나 적성, 흥미, 성격에 맞는 직업을 선택하는 것입니다. 그런 다음에 자기가 선택한 일에 열심히 노력하면 누구든지 인생에서 성공할 수 있습니다.

(3) 자녀의 진로, 무엇을 어떻게 도와주면 될까요?

자녀가 삶의 가치관을 형성해 가는 데 가장 많은 영향을 받는 대상은 부모이며, 진로 문제에 있어서도 가장 영향력이 큰 대상이 부모라는 것은 누구도 부인할 수 없습니다. 부모들은 모방에 의해 의식적으로 닮는 것보다 무의식적으로 부모를 닮아 가는 잠재적 교육이 자녀에게 더욱 영향력이 크다는 것을 알고 행동을 조심해야 합니다. 가정 교육의 목표는 오직 공부 잘하는 아이를 만드는 데 있다고 생각하여 공부 이외의 부모의 교육적 역할(진로 교육, 예절 교육 등)을 소홀히 해서는 절대로 안 됩니다. 진로 선택에 가장 큰 영향을 주는 사람이 부모라면, 자녀의 진로 선택과 성장을 돕기 위해서 다음과 같이 부모의 역할을 해야 하는 것은 너무나도 당연한 일입니다.

① 부모 자격 1 : 바람직한 가치관을 확립해야 합니다.

'가치관이란 생활의 여러 곳곳에서 만나고 일어나는 사건, 현상들이 어떠한 가치나 의의를 가지는지 판단하고 평가하는 사고 방식이나 태도'라고 말할 수 있습니다. 즉, 가치관은 사람들로 하여금 어떤 방식으로 행동하게 하는 원리나 믿음, 신념으로서 비교적 오랫동안 지속되거나 변하지 않는 특성이 있습니다.

가치관은 하루 이틀에 이루어지는 것이 아니고 그 사람이 살아오면서 겪은 가정, 종교, 교육, 친구 관계 등 여러 가지 요소들이 서로 작용하여 이루어지는 것입니다. 그래서 살아온 과정이 다르기 때문에 사람들이 가진 가치관은 다양하고, 서로 다른 개성을 갖게 되는 것입니다.

우리는 각자의 가치관에 따라서 어떤 일을 좋아하거나 싫어하게 되고, 옳고 그름을 판단하며 그에 따라 행동하게 됩니다. 또한 무의식적으로 표현되는 행동에도 자신의 가치관이 작용하여 나타나게 됩니다.

대부분의 사람들은 돈, 명예, 권력, 정신 등에 많은 가치를 부여합니다. 돈에 많은 가치를 부여한 사람은 명예나 권력, 정신에 가치를 부여한 사람과는 다른 행동을 하게 될 것입니다. 주위에서 "K씨는 돈밖에 몰라. 정도 친구도 모르는 사람이야."라는 말을 듣는다면 K씨는 돈에 많은 가치를 둔 사람이겠지요.

가치 판단의 기준은 외재적 가치와 내재적 가치로 나누기도 하는데, 사회적 명예, 권력, 지위와 같이 가치가 밖으로 나타나는 것이 외재적 가치이며, 일을 하면서 얻게 되는 정신적인 즐거움, 보람, 만족 등이 내재적 가치입니다. 예를 들면, K라는 아이는 피아노 치는 것을 가치 있다고 생각하는데, 그 이유는 K가 피아노를 치면 부모가 돈을 주기 때문입니다. K가 피아노를 치는 것은 돈을 받기 위해서일 뿐 정신적인 즐거움을 위해 피아노를 치는 내재적 가치와는 관계가 없으므로 K는 외재적 가치를 추구하고 있다고 할 수 있습니다.

반면에 C라는 아이는 피아노 치는 것이 가치 있다고 생각하는

데, 그 까닭은 피아노를 쳐서 돈을 받는다거나 칭찬을 듣기 때문이 아니라 피아노를 치는 것 자체가 즐겁기 때문입니다. 이 경우 가치는 안에 있기 때문에 C는 내재적 가치를 추구하고 있는 것입니다.

외재적 가치와 내재적 가치는 둘 다 중요하지만 보다 중요한 것은 내재적 가치이며, 내재적 가치를 추구하는 사람은 기쁨과 만족 보람을 느낄 수 있고, 외재적 가치만을 추구하는 사람은 보상이 없으면 그 행동이 중단되기 쉽습니다.

세계적인 석학인 콜버그(kohlberg)가 자신의 도덕성 발달 이론에서 사람의 행위가 외적인 권위에서(벌을 피함) 서서히 내적인 자율(자신의 양심)로 변화한다고 말한 것과 같이, 행위 기준도 외재적 가치에서 내재적 가치로 옮겨가도록 유도해야 할 것입니다.

연구에 의하면 직업의 내재적 가치 지향성은 남학생보다 여학생이, 지방 거주 학생보다 도시 거주 학생이, 그리고 저학년보다 고학년이 더 강하다고 보고되고 있습니다.

직업관이나 진로관의 형성은 초기 단계에서 가능합니다. 점차 상위 단계로 올라갈수록 이미 형성된 가치관이 영향을 미치게 되므로, 초등학교와 중학교 단계에서 가치관을 형성시키는 것이 바람직합니다. 직업이라는 것은 생계 유지 수단이고, 부를 창출하는 원천이지만, 이보다 더욱 중요한 것은 사회 봉사나 자아 실현의 수단이라는 것을 잘 인식시켜 주어야 합니다. 즉, 직업이 돈과 권력을 잡으려는 수단이 되어서는 안 된다는 가치관을 심어 주어야 하는 것입니다. 또한 농수산직을 희망하는 학생이 한 명도 없을 정도로 힘든 육체 노동 천시 풍조, 기술직에 대한 천시 풍조, 사무직에 대한 지나친 선호 경향 등은 우리 사회의 잘못된 직업관을 보여주는 것입니다. 따라서 하루빨리 일과 직업에 대한 바른 생각과 편견없는 가치관을 갖도록 하는 것이 중요하다 하겠습니다.

② 부모 자격 2 : 자녀의 특성을 올바르게 정확히 이해해야 합니다.

진로 선택에서는 자신의 적성 능력 성격 흥미에 대한 정확한 이해와 자신의 희망, 인생관, 가치관, 욕구 등에 대한 올바르고 정확한 이해가 아주 중요하고 필수적인 조건입니다.

가정에서의 진로 지도의 첫 출발은 자녀가 자기 자신을 잘 파악할 수 있도록 부모가 도와주는 일입니다. 부모가 자녀를 도와주려면 기본적인 지식, 즉 적성, 성격, 학습 능력, 흥미 등에 대한 지식을 갖고 있어야 합니다.

예를 들어, 적성 검사는 결과를 그대로 믿는 것도 위험하지만 무조건 불신하는 것도 안 되며, 다만 자녀의 진로 지도에 참고를 하라는 것입니다.

자녀의 특성을 파악하는 것 못지 않게 중요한 것은 특성을 길러 주는 것입니다.

1795년 남프랑스 아베롱의 숲 속에서 발견된 열두 살로 보이는 한 소년은 짐승이나 다를 바 없었지만 5년간의 정식 교육을 받고 나서는 사람다운 생활을 할 수 있었다고 합니다.

또한 1920년 인도 북부 지방의 늑대굴에서 발견된 아말라와 카말라라는 두 소녀의 경우나, 1931년 남미 파라과이 산중에서 발견된 여자 아이 등도 아베롱의 소년과 유사한 현상으로, 인간에게 사회화 과정과 사회화 교육이 얼마나 중요한 것인가를 실증해 주고 있습니다. 이 예는 사람이 가지고 있는 잠재력(적성 능력 등)도 계발하지 않으면 나타나지 않는 것이며, 적극적으로 계발하기만 하면 발전된다는 것을 잘 보여주고 있습니다. 이렇게 발견된 잠재력을 살려 끊임없이 노력하면 성공할 수 있을 것입니다.

세계적인 석학인 아인슈타인은 학교에 다닐 때 "이 아이는 무엇을 해도 성공하지 못할 것이다."라는 말을 들었고, 발명왕 에디슨도 한 가지 일에만 지나치게 몰두하는 성격으로 학교에서 퇴학을 당했을 정도였으나, 끊임없이 자신의 잠재된 능력을 계발하고 노력하여 세계적으로 성공한 사람들이 되었습니다.

자녀들이 자신을 파악하기에 좋은 또 하나의 방법은 단체 생활입니다. 단체 생활을 통해서 친구나 다른 사람과 부딪치면서 친구들이 나를 왜 좋아하고 싫어하는지를 알게 되며, 스스로도 몰랐던 자신을 파악할 수 있습니다. 요즘같이 자녀를 적게 두는 현실에서는 단체 생활이 더욱 필요합니다.

'나는 누구인가?', '나는 무엇을 할 수 있을까?' 라는 자아 탐색의 문제를 해결하려면 학교에서는 교사가, 가정에서는 부모가 자녀에 대한 깊은 관심과 지도를 통해서 자녀의 특성을 올바르고 정확하게 이해할 수 있도록 도와주어야 합니다.

③ 부모 자격 3 : 직업 세계에 대한 지식과 충분한 정보를 자녀에게 제공해야 합니다.

직업 세계에 대한 지식과 충분한 정보를 자녀에게 제공해야 합니다. 대부분의 경우 자녀들은 입시 위주의 학교 공부에 매달리고 있고, 학교에서도 진로 지도라고 해야 고작 점수에 맞는 학교를 배정하는 일만이 있을 뿐입니다. 그래서 학생들은 직업에 대한 체계적인 정보를 얻을 수 없으며 그나마 인기 있는 직종에 대하여도 막연하게 알고 있기 때문에, 자신들이 알고 있는 인기 직종에 매달릴 수밖에 없는 실정입니다.

진로 교육은 앞으로 20년 후를 생각하며 이루어져야 하는데 현대 산업 사회는 변화 속도가 예측할 수 없을 정도로 빨라져 진로 교육이 더욱 어려워지고 있습니다.

따라서 부모 스스로가 학교의 진로 지도만을 기대하지 말고 직접 자녀에게 직업 정보를 제공해 주고, 이를 알기 쉽게 설명하여 자녀와 함께 정리하고 분석해 보는 것이 좋을 것입니다.

연구 보고에 의하면 자녀가 부모에게서 얻는 직업 정보는 10%에 불과하다고 합니다. 부모는 직업 세계에 대해서 사전에 충분히 탐색하여 자녀에게 여러 가지 직업들의 고용 전망, 일의 내용, 직업의 특성, 채용 조건, 앞으로의 전망, 보수 문제 등 폭 넓은 정보를 알려주어 자녀 스스로 자신의 직업 세계를 탐색하도록 도와주어야 할 것입니다.

④ 부모 자격 4 : 자녀와 많은 토론을 해야 합니다.

에릭슨은 청소년기에 해야 할 일 중에서 가장 중요한 것은 '사랑을 배우는 것'과 '일을 배우는 것'이라고 했습니다. 부모는 자녀에게 애정을 전달하는 방법을 배워야 합니다. 아이들이 원하는 대로 잘 먹이고, 입히고, 돈 주는 일이 사랑이라고 생각한다면 그것은 잘못된 것입니다. 그러므로 부모의 사랑은 맹목적이고 헌신적인 사랑만이 부모의 사랑으로 생각하기 쉬운데, 자녀에게 바람직한 참사랑은 사려 깊고 정제된 사랑입니다. 사랑은 깊게 주어야 하지만 조절하면서 표현하는 것이 효과적입니다. 학업을 완수하지 못하고 집에 돌아온 아들을 냉엄하게 돌려 보내는 한석봉의 어머니 같은 사랑이 필요합니다. 자녀가 부모의 사랑을 스스로 느낄 수 있도록 해주는 것이 자녀를 바람직하게 자랄 수 있게 해주는 아주 중요한 요인이 되는 것입니다.

요즘에는 한두 자녀만 있는 가정이 대부분이고 전에 비해 부모의 권위적인 경향이 적으며 자녀들도 부모를 어려워하지 않습니다. 따라서 부모는 상담과 토론하는 방법과 기술을 배워야 합니다. 방법과 기술이 부족한 대화는 오히려 대화의 단절을 가져 올 수 있기 때문에 반드시 기술이 필요합니다. 진로 탐색 및 선택 과정에서 부모는 자녀를 잘 이해하고 도와주는 상담자의 위치에 서야 합니다. 연구 보고에 의하면 진로에 대한 상담 대상에서 부모나 가족이 차지하는 비중은 65% 이상이라고 합니다.

상담이나 토론 등을 할 때 부모로서 주의할 점은 수용적인 분위기 속에서 상담과 토론을 하라는 것입니다.

부모가 이미 마음속으로 결론을 내리고 자녀와 토론을 한다면 한두 번은 토론이 잘 될지 몰라도 아이들은 토론에 참여하기를 거부하게 될 것입니다.

그러므로 부모는 자녀의 입장을 이해해 주고, 이야기를 끝까지 들어주는 너그러움과 인내심이 필요하며, 어떤 도움을 줄 수 있는가를 이론적으로 배워야 합니다.

부모는 자녀에게 너무 많은 것을 기대하거나 일방적인 의견의 제시, 또는 강요를 해서는 안 됩니다. 자녀의 의견에 성급한 비판이나 반대 의견을 삼가면서 자유스럽게 자기 의사를 표현할 수 있도록 안정된 분위기를 유지해 주고, 아이들이 이야기한 것 중에 수긍이 가거나 긍정적인 부분에서는 고개를 끄덕여 주거나 웃어 보이고 칭찬의 말을 자주 해주는 것이 좋습니다.

자녀의 진로는 자녀 스스로가 발견하고 준비하도록 부모가 도와준다는 자세로 대화를 진행해야 할 것입니다.

행복의 조건 중에 가장 중요한 것이 '직업 선택'이다.

성장하여 죽을 때까지 일하는 곳이 바로 직장이기 때문에 무엇보다 중요하다.

따라서 직장 생활이 즐거워야 행복할 수 있다.

그러면 즐거운 직장 생활을 하는데 가장 중요한 것이 하고 싶은 일을 하는 것이다.

따라서 하고 싶은 일을 찾아야 하고 그 일을 찾기 위해 부모와 본인은 공부하고 또 공부해야 하고 싶은 일을 찾을 수 있다.

행복을 원한다면 직업 선택에 투자하는 시간을 아끼면 안 된다.

3

삶의 이상

3. 삶의 이상

사랑은

자기의 신분을 사람들에게 알리려고 애쓰는 사람은
자기 스스로의 인격에 상처를 내고 있는 사람이다.
- 탈무드 -

어머니는 지난 여름방학 때 만리포 해수욕장에 가서 철이네 가
족과 함께 찍은 사진을 내어 놓고 영수와 동생에게 물었습니다.

"이 사진 보렴, 이 사진을 보는 순간 제일 먼저 누구를 찾았니?"

멋쩍은 듯이 자신을 제일 먼저 봤다고 대답하였습니다.

"너는?"

"나도 오빠와 같아요."

머뭇거림도 없이 자신의 얼굴을 먼저 봤다고 대답하였습니다.

어머니는 웃어른에게 말할 때에는 '나'라고 하는 게 아니라 '저'

라고 하는 것이라고 자상하게 수정해 주었습니다.

어머니는 영수에게 의미있는 질문을 계속 하였습니다.

"영수야, 사진 속에서 왜 자신을 제일 먼저 찾는 걸까?"

영수는 세상에서 자기 자신이 최고이며, 말씀드리기 거북스럽지만 부모보다 자신이 먼저일 것이라고 했습니다.

영수의 생각처럼 자기의 책상을 더럽혔다고 동생을 나무라는 예는 흔히 있는 일이며, 나 자신의 소유물이 동생의 소유물보다 소중하다는 것은 피아제의 '자아 중심성'에서도 뒷받침되는 이야기입니다.

자신을 먼저 찾는 행위와 타인의 것보다 자신의 것이 더 중요하다는 것은 인간의 이기주의를 뜻하는 것이라고 "남의 집 큰일이 내 손가락에 박힌 가시만도 못하다"는 속담으로 어머니는 말씀하였습니다.

"이기주의가 뭐지요?"

영수의 동생이 물었습니다. 영수는 자기 욕심만 챙기는 것이라고 설명하였습니다. 어머니는 학문하는 자세를 가르쳐주기 위해 국어사전을 찾아 읽어 주었습니다.

〈사회나 다른 사람을 돌보지 않고 자기의 이익과 쾌락만을 목적으로 하는 주의이며 상대어는 이타주의〉

어머니는 자녀를 자기 욕심만 채우는 이기주의자로 키우지 않고 남에게 도움을 줄 수 있는 사람으로 키우고 싶었습니다. 이기주의를 이타주의로 변화시키는 것은 쉽지 않지만 교육의 힘으로 충분히 가능하다고 생각하였습니다. 그래서 타인을 전혀 생각하지 않고 오로지 자신의 이익만을 위해 행동함으로써 자신을 망친 사람들의 예를 들었습니다.

애인과 데이트 자금을 마련하고자 행한 강도질, 어린이 유괴, 살인 등 신문지상을 더럽힌 기사들이 바로 이기주의 때문에 생긴 엉뚱한 사건들임을 강조하였습니다.

"한탕주의가 성공하여 부자가 된 사람들은 행복하게 살 수 있을까?"

어머니와 아이들은 쉽게 결론을 낼 수 있었습니다. 부당하게 얻은 재산으로는 행복하게 살 수 없으며 노력의 대가로 살아가는 것이 참다운 행복이라고 생각하였습니다.

도시화, 산업화, 기계화로 인해 인간성을 상실해 가고 있는 현대 사회에서 내 자녀만이라도 훌륭한 자식으로 기르려는 생각으로 어머니는 탈무드의 구절을 인용하였습니다.

한 사내가 "낫을 빌려 주게."하고 말하였다. 상대는 "싫네."라고 거절하였다.

얼마 뒤에는 반대로 앞서 거절했던 사내가 "말을 빌려 주게." 하였다.

상대는 "자네는 낫을 빌려 주지 않았으므로 나도 말을 빌려 줄 수가 없네."라고 응수하였다.

이것은 앙갚음이다.

한 사내가 "낫을 빌려 주게." 하고 말하였다. 상대는 "싫네."라고 거
절하였다.

얼마 뒤에 앞서 거절한 그 사내가 "말을 빌려 주게." 하였다.

상대는 말을 빌려 주었다.

그러나 빌려주면서 이렇게 말했다.

"자네는 내게 낫을 빌려 주지 않았지만 나는 자네에게 말을 빌려 주
는 걸세!"

이것은 미움이다.

어머니는 '앙갚음과 미움' 이라는 탈무드의 구절을 대단히 좋아
했습니다. 하지만 흥미 있을 것이라고 생각하여 들려주었던 이 구
절에 대한 아이들의 반응은 신통치 않았습니다. 아이들이 어떻게
진정한 사랑을 깨닫게 할 수 있을까 어머니는 고민이었습니다.

"상대가 빌려주지 않아서 못 빌려준다는 것은 어떤 마음일까?"

"그건, 앙갚음(복수)이지요."

바로 대답은 했지만 가슴에 와 닿지 않는다는 것을 어머니는 쉽
게 알 수 있었습니다.

"상대방은 빌려주지 않았지만 나는 빌려준다는 것은 어떤 마음
일까?"

"미움이지요."

'왜 미움인가' 라는 질문에는 대답을 못했습니다.

"자네는 빌려주지 않았지만" 하는 단서가 있기 때문에 진정한 사랑이 아니라고 어머니는 가르쳐 주었습니다.

다음 단계의 사랑은 조건 없이 빌려주는 사랑으로서 가장 순수한 사랑일 것입니다.

어머니는 영수가 생각하는 사랑은 어떤 것인지 물어보았습니다.

"이 세 가지의 사랑 중에 너희들은 어떤 사랑이 좋으니?"

그러자 어머니의 질문에 선뜻 대답을 못하다가 영수가 대답하였습니다.

"저는 두 번째의 사랑입니다."

분명히 어머니 생각에 영수는 앙갚음의 단계라고 생각되지만 영수의 자존심을 건드리지 않고, 영수의 과거 행동에서 앙갚음에 속했던 것을 골라 칭찬하며 말씀을 계속하였습니다.

"사람들이 복수와 조건 있는 사랑의 행동 양식으로만 산다면 세상은 어떻게 될까?"

아이들은 쉽게 그러한 세상은 살기 어려운 삭막한 세상이 될 것이라는 데 이르렀습니다.

삭막한 세상이 될 거라는 것을 알면서도 아이들은 조건 없이 빌려 주는 사랑은 손해 보는 게 아니냐고 되물었습니다.

"한 알의 밀알이 썩으면 많은 열매를 맺는다.", "왼쪽 뺨을 맞으면 오른쪽 뺨도 내놓아라."라는 조건 없는 희생적인 사랑이 훌륭한 것이라는 어머니의 말씀에 영수와 동생은 고개를 끄덕였지만 바로 그런 사랑으로 행동이 변화될 것이라는 생각은 하지 않았습니다.

인간은 사회적 동물이기 때문에 혼자서는 살 수 없고 다른 사람의 도움 속에서 살아간다는 것과 남의 도움을 받고 살기 때문에 나도 남을 위해 봉사하고 헌신해야 된다는 것은 당연한 일이라고 일러주었습니다.

훌륭한 사람은 남을 위해 행동하는 사람이다. 왜냐하면 나를 위하는 것은 쉽고 남을 위하는 것은 어렵기 때문이다.

자녀 교육에 관심이 많은 어머니는 차원 높게 참사랑을 자녀에게 가르치고 싶었다. 탈무드의 '앙갚음과 미움'이라는 구절로 진정한 사랑을 이야기해 조건 없는 희생적인 사랑으로 자식의 행동을 변화시켜 훌륭한 사람으로 키우려고 하였다. 조건 없는 희생적인 사랑은 최소한 자신의 동생에게, 부모에게 베풀어질 것이며, 이웃으로 발전하여 이 가정에서 훌륭한 사람이 나올 것이고, 틀림없이 나올 것이다. 꼭 외쳐보고 싶다. "당신도 최소한의 사랑을 해 보십시오" 그 최소한의 사랑이란 세상에 태어나 한 남자가 한 여자를 자신만큼 사랑하고, 한 여자가 한 남자를 자신만큼 사랑하고, 자기 자식도 자신처럼 사랑하는 것 그것이 최소한의 사랑이다. 하지만, 한 번의 이야기로 끝내지 말고 지속적으로 희생적인 사랑을 실천할 수 있도록 계획적인 지도와 확인이 있어야 한다.

'나'를 '저'라고 수정해 주는 어머니의 자상함도 예의 바른 사람으로 성장하는 데 도움을 줄 것이다.

돈의 철학

돈은 현악기와 같다.
그것을 적절히 사용할 줄 모르는 사람은 불협화음을 듣게 된다.
돈은 사랑과 같다.
이것을 잘 베풀려 하지 않는 이들을 천천히 그리고 고통스럽게 죽인다.
반면에 타인에게 이것을 베푸는 이들에게는 생명을 준다.
- 칼릴 지브란 -

　　사람들의 사회생활은 분쟁의 연속입니다. 교통사고나 형제간의
재산 싸움을 비롯해 수많은 분쟁들이 일어나고 있습니다. 그 분쟁
의 원인은 대부분 돈 때문에 발생하는 것입니다.

　　돈은 우리들의 생활에서 없어서는 살 수 없는 아주 중요한 존재
입니다. 사람들은 돈이 없으면 하루도 살기 힘듭니다. 의식주 생
활이 모두 돈으로 연결되어 있기 때문입니다.

　　우리 속담에 "돈만 있으면 두억시니(귀신)도 부릴 수 있다."고
하여 돈만 있으면 못 할 일이 없다고 합니다. 돈으로 귀신도 부린

다니 돈의 위력이 어떤지 알만하겠죠.

이렇듯 돈은 우리가 생활하는 데 절대로 없어서는 안 될 매우 중요한 존재입니다. 그러나 돈은 잘못 사용하면 사람을 잃게 되는 무서운 존재이기도 합니다.

30년 기른 정을 배반하고 패륜을 저지른 이 모 씨, 집 앞에 버려진 아기를 입양해 키워준 70세 양어머니를 유산을 주지 않는다고 청부 살해한 이 씨와 같은 사례를 우리는 가끔 볼 수 있습니다.

왜 그런 끔찍한 일을 했을까요?

아무리 돈이 필요하지만 인간이 그런 일을 할 수 있을까요?

그렇게 우리 생활에서 중요한 돈에 대한 교육이 가정에서, 학교에서, 또는 우리의 사회에서 등한시되어 있는 게 현실입니다. "돈은 더러운 것", "돈 이야기를 입에 담는 것은 천한 것"이라는 유교적인 사고방식 때문에 금전 교육이 적었고, 실제로 무엇을 어떻게 시켜야 좋은지 몰라 부모가 자식에게 금전 교육을 등한시하였습니다.

많은 사람들이 금전 교육이라고 하면 돈을 함부로 쓰지 않고 절약해야 한다는 것으로 생각하곤 합니다. 절약 정신도 중요하지만 돈을 어떻게 쓰느냐도 매우 중요합니다.

그래서 중요한 것은 돈에 대해서 본질적인 연구나 교육적인 철학이 담긴 이론이 있어야 합니다. 그 이론은 누구나 공감하고 동의하는 내용으로 방향을 잡고 어려서부터 가르쳐야 합니다.

서양의 여러 국가에서는 이미 오래 전부터 어린아이들에게 돈과 경제에 관한 교육을 체계적으로 실시하고 있는데, 우리는 아직도 잠만 자고 있습니다.

금전 교육은 선택적인 것이 아니라 필수적인 일로 가정에서 의무적으로 가르쳐야 합니다. 또한 학교에서도 돈에 관한 합리적인 이론을 정립하여 가르쳐야 할 것입니다.

(1) 금전 교육의 중요성

금전 교육이란 돈의 획득과 사용에 있어서 올바른 정보와 지식을 제공하여 건전하고 생산적인 경제 태도와 습관을 형성하게 하자는 교육을 말합니다.

건전하고 생산적인 경제 태도란 부자병과 가난병이라는 경제 질병에 대한 처방약을 말합니다.

부자병이란 1970년대 초반 휘트만(F. C. Whitman)이 처음 쓰기 시작했는데, "부모의 재산이 그 자식들의 삶의 욕구와 능력을 쇠퇴시키는 질병"이라고 하였습니다.

휘트만은 부모들의 부유한 재산은 자식들을 무책임하고, 무능력하고, 무도덕하도록 마비시키고 쇠퇴케 하는 잠재적 힘을 가지고 있기 때문에 그런 질병을 예방해야 한다고 주장하였습니다.

결국 돈 많은 부모가 돈으로 자식을 망칠 수 있듯이 가난한 부모는 가난 그 자체로 자식을 망칠 수도 있는 것입니다.

그래서 금전 교육은 부자나 가난한 이들이나 부모라면 모두 그 자식들에게 당연히 해야 할 중요한 교육으로 도덕 교육과 도덕성 회복 또는 기초질서 품성교육의 핵심이 되어야 한다고 문용린 교수는 다음과 같이 주장하고 있습니다.

금전 교육은 결코 인색한 사람을 기르고자 하는 것이 아니다. 금전 교육은 또 경제적 이해타산에 밝고 그것에 관심을 크게 갖도록 하자는 것도 아니다. 어릴 적부터 돈과 일을 긴밀하게 연계시켜 주어야 한다.

명분 없는 돈을 받거나 쓰는 행동에 강력한 제동을 걸어야 한다. 돈 벌기 위해서 땀 흘려 일하는 것을 아름답고 성스럽게 인식할 수 있어야 한다.

따라서 금전 교육은 단순히 경제 교육이 아니라 일종의 도덕 교육인 셈이다.

참고 견디는 심리적 특성의 훈련, 옳고 그름을 판단하는 도덕적 판단력과 자제력의 배양과 다름 아니기 때문이다.

「자녀를 성공시키는 금전 교육」 문용린

－한국지역사회교육협의회

(2) 바람직한 돈의 교재가 필요하다

늙은 부모가 다 큰 자식과 손자까지 업고 사는 '3대 캥거루' 족이 10.9%이고, "자녀 사교육비 때문에 친가나 외가 쪽 노부모에게 도움 받고 싶습니까?" 라는 질문에 52.44%(현재 도움을 받고 있지 않은 경우)가 도움을 받고 싶다고 하였습니다.

3대 캥거루는 한국 부모 특유의 "무한책임 애프터서비스"가 결혼을 한 후까지 계속 연장되는 현상이라고 박찬웅 교수는 말합니다. 자녀가 성인이 되면 독립시키는 서구 부모들과 달리 한국 부모들은 능력이 있는 한 언제까지나 자식을 돌봐주려 하고 자식들도 부모에게 기대는 것을 자연스럽게 받아들인다고 합니다.

과연 이런 것들이 바람직한 것인지 아닌지에 대해서 심도 있는 학자들의 연구가 필요합니다. 그래서 3대 캥거루족의 방향을 보고 후회 없는 행동을 할 수 있도록 해야 합니다.

그뿐만 아니라 금전 교육에 관한 바람직한 방향의 교재를 개발하여 각 가정에서 부모들이 교육할 수 있어야 합니다.

교육의 시기는 유치원, 초·중·고 시기의 연령층에 강조되어야 하고 어려서부터 자연스럽게 금전 교육이 이루어져야 합니다.

(3) 금전 교육의 내용
① 금전과 일에 대한 긍정적 태도의 형성

② 합리적인 소비 능력의 신장

③ 용돈의 효율적인 관리 능력 배양

④ 저축에 대한 긍정적 태도와 습관 형성

으로 구분할 수 있습니다.

첫째, 금전과 일에 대한 긍정적 태도의 형성에서 주된 목표는
'자기의 생계는 자기가 번 돈으로 꾸려 나가야 한다'는 경제 생활
의 대원칙을 내면화시키는 일입니다.

공짜로 돈을 얻고 물건을 획득하는 것을 부끄럽게 생각하고 명
분 없는 돈을 받거나 쓰는 행동에 강력한 제동을 걸어야 합니다.

'3대 캥거루' 현상이 확산되면서 유통업계에서는 '원 차일드
식스 포켓(one child six pockets)'이라는 말이 유행이라고 합니다.
한 명뿐인 자녀를 위해 부모는 물론 조부모와 외조부모까지 어른
6명이 지갑을 연다는 이야기입니다.

18세가 넘어서도 부모에게서 의식주를 신세지고 있으면 치욕
으로 생각하는 미국의 경우와 비교하면 너무나도 대조적입니다.

따라서 일을 해서 돈을 벌고 그것으로 자신의 생계를 책임져야
한다는 인식은 아주 중요합니다.

둘째의 합리적인 소비 능력의 신장을 보면 '한정된 돈을 가지고
어떻게 효율적으로 사용하는가?' 하는 것입니다.

한 달 용돈을 일주일 만에 다 소비해 버리면 나머지 3주간을 빈털터리로 지내야 되는데, 그것은 합리적인 소비가 아닙니다.

비싼 물건을 사서 한 달 용돈을 거의 소비하는 것도 합리적인 소비가 아닙니다.

그러니 합리적인 소비란 단지 경제적인 것만 말하지 않습니다. 꼭 써야 할 곳에서는 아까운 돈도 기쁘게 쓸 수 있는 태도를 가르쳐야 합니다.

무엇보다 더 중요한 것은 '돈은 풍족하지 않지만 내가 하고 싶은 일을 하면서 살았기에 나름대로 행복한 삶이었다.' 라고 말할 수 있는 이상적인 삶이 멋진 삶이겠지요.

셋째는 용돈의 효율적인 관리 능력을 키우는 것입니다.

여기서 말하는 용돈은 초·중·고생들의 경우에만 한정되는 것이 아니라 한 사람이 관리할 재산의 총체를 말하는 것입니다.

자기 책임 하에 있는 돈에 대한 관리 능력 배양은 대단히 중요합니다. 자신의 용돈 범위를 넘어서 지출하는 사람은 결국 파산할 수밖에 없습니다. 파산하지 않도록 지출을 수입 범위 이내로 제한하는 능력을 키워야 합니다. 이 능력은 경제적 지식과 타산뿐만 아니라 인내심, 충동, 억제력, 지구력, 유혹에의 저항력 등 여러 가지 심리적 특성의 훈련도 필요합니다.

넷째는 저축에 대한 긍정적 태도와 습관 형성으로, 사람은 언제나 미래에 대한 대비가 필요합니다. 미래를 자신이 대비해야 한다는 의식은 금전 교육에서 대단히 중요합니다.

부모의 유산에 기대는 부자병 증세는 아주 큰 문제입니다. 저축은 희망만 가지고 되는 게 아니라 습관이 중요합니다. 어려서부터 저축하는 습관을 길러야 합니다.

「자녀를 성공시키는 금전 교육」 문용린

－한국지역사회교육협의회

(4) 자선과 선행

유태인들은 자기의 생활에 곤란을 받지 않는다면 수입의 일정액은 자선을 베푸는 일이 의무로 되어 있으며, 돈은 벌어도 내 것이 아니라 사회의 것이라는 생각입니다. 사업을 하다가 실패하면 동양 사람들은 고민에 빠지는데 반해 유태인들은 고민하지 않고 하나님의 뜻이라고 생각합니다. 자선은 불행한 사람들을 도와준다는 의미로 종교에서는 의무로 하고 있으며 선행은 여러 가지 좋은 일을 포괄적으로 말하는 것으로 선행은 축복해 주지만 자선은 의무라고 생각되어 축복의 대상이 되지 않는 것이 유태인들의 생각입니다.

이슬람교의 경전은 '코란' 으로 법률과 같은 것인데, 코란의 5대 강령은, 알라 이외의 다른 신을 숭배하지 말고, 매일 메카를 향해

다섯 번 예배하며, 자선을 베풀고, 금식 금욕을 하며, 일생에 한 번은 성지인 메카를 순례하라는 것입니다 유태인들의 생각같이 코란에서도 자선을 강조하고 있습니다.

(5) 록펠러 가문의 금전 교육

록펠러 가문은 30억불이라는 막대한 재산을 관리하는 재벌로서 시카고 대학을 비롯한 12개의 종합대학, 12개의 단과대학 및 연구소를 지어 사회에 기증했으며, 4,928개의 교회를 건축하였습니다.

이런 록펠러 가문은 그 자식들에게 어떤 금전 교육을 시키고 있을까요?

그렇게 대단한 부잣집의 아들이면서도 다른 가난한 집의 아이들보다 더 풍족한 용돈을 받아본 적이 없다고 합니다.

그의 부모는 자식에게 용돈을 줄 때 부자라는 기준에서가 아니라 다른 아이들이 얼마의 용돈을 받는 게 언제나 표준이었습니다.

"우리 부모님은 다른 집 아이들보다 자기 자식들이 더 많은 용돈을 받아야 할 이유도 또 적게 받을 이유도 없다고 생각하셨지요."

부잣집 아이나 가난한 집 아이나 용돈은 똑같이 필요한 것이라는 생각이지요.

이 덕분에 록펠러 2세는 아주 중대한 두 가지 금전 교육의 메시지를 받았습니다.

첫째는 아버지의 재산과 자기의 용돈과는 아무 상관이 없다는 것입니다. 즉 아버지의 많은 재산이 나와는 상관없는 그저 '아버지의 재산'일 뿐이라는 메시지와 교훈입니다.

둘째는 학교와 이웃의 평범한 집 친구와 자기는 하나도 다르지 않은 동일한 위치의 친구일 뿐이라는 교훈입니다.

그래서 록펠러 2세는 아버지에게 감사하게 생각하면서 그의 자식들에게도 그가 받은 금전 교육을 그대로 전수하여 실시하고 있습니다.

이러한 록펠러가의 금전 교육 전통은 현존하는 록펠러 가문의 50~100여 개의 모든 집안에서 그대로 실시되고 있습니다.

록펠러가의 금전 교육이 미국 중산층 문화를 지탱하고 있는 금전 교육이라고 하면 별 문제가 없을 것입니다.

(6) 용돈은 정기적으로 주라

용돈은 정기적으로 지급하여 그 자신의 책임 하에 용돈을 관리함으로써 합리적인 관리 능력을 기르도록 하는 것이 바람직합니다. 적당한 용돈의 액수는 정답이 있을 수 없습니다. 각 가정마다 경제적 사정이 다르며 생활 습관에 따라 다르기 때문입니다. 분명한 것은 자식에게 용돈을 너무 많이 주어서는 안 되며, 더 중요한 것은 어떻게 쓰는지를 잘 보아야 하고, 일정한 액수 이상의 돈을 사용할 때는 부모와 상의해야 하며, 나이에 따라 재량권을 주어 돈의 사용을 생활화하도록 하는 게 좋을 것이라고 생각하였습니다.

앞에서 말한 록펠러 가문의 용돈 주는 것을 참고로 하는 것도 좋은 방법입니다. 용돈을 주기 시작하는 시기는 돈을 셀 줄 알고 거스름 돈을 받을 수 있는 때를 선택해야 하며 먼저 가르쳐야 할 것은 돈의 사용에 대하여 나름대로 계획을 세워 현명하게 사용하도록 하는 일이라는 것을 명심해야 합니다.

케네디 가에서도 돈에 관한 교육을 철저히 시켰습니다. 케네디의 어머니 로즈는 돈에 대해 이렇게 말하고 있습니다.

"돈에는 책임이 따라요. 돈은 소비하는 게 아니라 이용하는 거예요. 자기 자신의 가치 있는 목표, 가치 있는 이상, 공공봉사 등 남에게 이익이 되는 가치 있는 일을 위해 이용하는 거예요. 아버지로부터 얼마간의 돈을 받았을 때에는 그것을 현명하게 쓰라는 아버지의 희망과 신뢰감, 그리고 기대에 어긋나지 않도록 해야 돼요. 역사상 훌륭한 사람 중에는 최고로 소박한 생활을 했던 사람도 있어요. 자신을 말하는 것은 옷, 차, 다이아 반지가 아니라 바로 자기 자신이고 자신의 마음이라는 것을 잊지 말아요. 더구나 돈이 있으니까 먹고 놀아도 된다는 생각은 큰 오산이에요."

(7) 자동차와 같은 고가품을 사주어야 하는가

예전에 해외토픽 중에 강아지를 너무 갖고 싶어하던 아이가 직접 쿠키를 만들어 길거리에 내다팔아서 번 돈으로 강아지를 샀다는 기사가 있었습니다. 초등학교 아이가 어떻게 그런 일을 할 수 있을까요? "지금은 강아지를 살 만한 돈이 없다."는 부모의 이야기를 듣고 자신이 직접 돈을 마련하기 위해 계획을 세우고 실천한 결과 그토록 갖고 싶어 하던 강아지를 품에 안을 수 있었습니다.

이 이야기를 읽으면서 '이 아이는 좋은 경험을 했구나 강아지 사는 방법을 터득했으니 앞으로 어떤 일을 하든 성공을 하겠구나' 라고 생각하였습니다. 그런데 우리 주위에서 보면 '아이가 갖고 싶어 하는 것은 무엇이든지 다 해 줄 거야.' 라면서 아이가 만약 강아지를 사달라고 하면 바로 사주는 부모가 있겠지요. 과연 잘한 일일까요?

대학 입학 기념으로 부모로부터 승용차를 선물 받았다는 학생을 심심찮게 보게 됩니다. 과연 이 승용차를 사 준 게 잘 한 것일까요?

금전 교육 전문가들은 한결같이 사주지 말라고 충고합니다.

(8) 돈을 멋지게 사용하는 방법

A

나카타니 아키히로는 『돈은 쓰면 쓸수록 늘어난다』에서 돈을 멋지게 사용하는 방법을 다음과 같이 말하고 있습니다.

사람이 평생동안 사용하는 돈을 생각해 보면,
첫째, 생리적인 것에 사용하는 돈(먹고 살기 위한 돈)
둘째, 사회적인 것에 사용하는 돈(사회 생활 하는데 드는 최소한의 비용)
셋째, 개인적인 것에 사용하는 돈. 이것은 취미처럼 개인의 선호
도에 따라 사용하는 돈입니다.

이 가운데 생리적인 것과 사회적인 것에 쓰는 돈은 대부분의 사
람이 비슷한 방법으로 사용하기 때문에 별다른 차이가 없습니다.
그러나 개인적인 것에 사용하는 돈은 어떻게 사용하느냐에 따라
서 그 사람의 개성을 알 수 있고 그 사람의 미래를 알 수 있습니다.
이 세상에는 개인적인 돈을 거의 사용하지 않는 사람도 있고,
수입의 대부분을 개인적인 것에 사용하는 사람도 있습니다.
생리적인 것과 사회적인 것에 가치를 두고 사는 사람의 입장에
서 보면 개인적인 것에 돈을 많이 사용하는 사람을 '낭비가 심한
사람'이라고 합니다.

그러나 나카타니 아키히로는 인생을 즐기기 위해서는 다른 무
엇보다도 개인적인 돈에 큰 비중을 두어야 한다고 권장합니다.
가령 자신이 사용하는 돈에서 개인적인 돈으로 사용할 수 있는
것이 5%라면, 당신의 인생을 바꾸는 것은 95%의 돈(생리적인 것과

사회적인 것에 쓰는 돈)이 아니라 바로 그 5%의 돈이라고 말합니다.

그 5%의 개인적인 돈을 어디에 사용하여 멋진 인생을 살아야 할까요?

B

인생의 목적은 결코 돈을 버는 것이 아니라 자신이 좋아하는 일을 하고 진정한 친구를 만나는 것입니다.

아무리 좋아하는 일을 하고 있어도 진정한 친구가 없다면 어떨까요?

또한 아무리 진정한 좋은 친구가 있어도 좋아하는 일을 못한다면 그것 역시 멋진 인생이라고 할 수 없습니다.

그렇다면 멋진 인생을 위해 좋아하는 일을 하는 동시에 진정한 친구를 얻기 위해서 돈을 사용해야 합니다.

"돈을 여기에 사용하면 얼마가 돌아올까?"라고 생각해서는 안 됩니다.

자기에게 돌아온 돈을 그 이상으로 사람들에게 돌려주는 사람이어야 합니다.

그렇게 하지 않으면 주위사람들과의 커뮤니케이션은 끝나게 된다는 것을 명심해야 합니다.

C

20대에 돈을 어디에 사용했느냐에 따라 그 사람의 일생이 정해지는 법입니다.

그렇기 때문에 돈을 버는 방법과 동시에 돈을 사용하는 방법을 배워야 합니다.

여기에서는 돈을 버는 방법도 올바른 돈의 사용 방법에 대해서 생각해 보겠습니다.

20대에는 저축을 하는 것보다 자신이 좋아하는 일을 찾는 데에 돈을 사용해야 합니다. 20대에 그 일은 바로 공부겠지요. 이때에는 부모의 도움이 전적으로 필요하겠지요. 마음껏 부모의 도움을 받고 후에 갚으면 됩니다.

20대에 돈을 사용할 때에 조심해야 할 것은 허영을 위해서 돈을 사용하면 파멸만이 있다는 것입니다.

허영심으로 돈을 사용한다는 것은 주위 사람들에게 잘 보이려는 마음으로 사용하는 것을 말합니다.

D

"좀더 싸게 해 줄 수 없습니까?"라고 하지 말고 차라리 "예산이 이것밖에 없는데 이 금액으로 해 주실 수 없겠습니까?"라고 말하는 것이 좋을 것입니다.

사람들은 누구나 '공짜'를 좋아합니다. 하지만 공짜로 무엇인가를 받으면 자신과 상대방의 관계에서 균형이 무너지기 때문에 자신도 어떤 방법으로든 보답을 하지 않으면 안 됩니다.

E

돈을 벌기 위해서는 많은 힘이 필요합니다. 그러니 돈을 의미 있게 사용하기 위해서는 돈을 버는 것보다 더 많은 힘이 필요합니다.

지혜를 짜내고 땀을 흘려 돈을 사용했을 때 그 돈은 살아 있는 돈입니다.

비싼 선물을 주었다고 상대의 기쁨이 커지는 일은 절대로 없습니다.

1,000원짜리 선물이라도 땀 흘리며 지혜를 짜내고 열심히 움직여서 구입한 선물은 받는 사람의 마음을 움직일 수 있습니다.

100만 원짜리 선물을 받았을 경우에도 지혜나 땀이 들어가지 않았으면 그 선물을 받은 사람은 기뻐하지 않을 수도 있습니다.

이 세상에는 돈을 버는 것보다 사용하는 것이 얼마나 힘든지 모르는 사람이 많습니다.

「돈은 쓰면 쓸수록 늘어난다」 나카타니 아키히로, 창해

(9) 부자들이 들려주는 돈과 투자의 비밀

로버트 기요사키 샤론레흐트는 『부자 아빠 가난한 아빠』에서 돈의 법칙을 잘 설명해 주어 깊은 감명을 받았습니다.

이 책은 삶의 지침이 되는 자녀 교육서 권장 도서 100권 안에 들어간 책입니다. 반드시 읽어 돈에 관한 공부를 해 주기 바랍니다.

이 책에서 몇 가지를 생각해 보기로 했습니다.

A

부자들은 남을 위해 일하지 않고 자신을 위해 사업을 한다.

현금 흐름이 늘면 다소 사치를 할 수도 있습니다. 중요한 차이는 부자들은 사치품을 맨 나중에 사는데, 가난한 사람들과 중산층 사람들은 그것을 맨 처음에 사는 경향이 있다는 것입니다. 가난한 사람들과 중산층 사람들은 부자로 보이기 위해 종종 큰 집과 보석, 모피, 혹은 고급 차를 사곤 합니다. 그렇게 하면 부자로는 보이지만, 사실 그들은 점점 더 빚을 질 뿐입니다. 반면에 장기적인 부자들은 먼저 자산을 구축합니다. 그런 후에 자산에서 나오는 수입으로 사치품을 삽니다. 가난한 사람들과 중산층 사람들은 자신들의 피와 땀, 그리고 아이들에게 물려주어야 할 유산으로 사치품을 삽니다.

많은 사람들이 충동적으로 밖에 나가 신용카드로 평소에 생각하지 않았던 물건이나 그 밖의 사치품을 삽니다. 그들은 아마 삶이 지루해서 새 장난감이 필요했을 것입니다. 신용 카드로 사치품을 사면 그 사람은 그 사치품을 금방 싫어하게 될 가능성이 높습니다. 그 때문에 진 빚이 큰 부담으로 작용하기 때문입니다.

시간을 갖고 투자를 해서 자기 사업을 구축하면, 이제는 그 요술 방망이를 사용할 수 있게 됩니다.

이것이 부자들이 갖고 있는 최대의 비밀입니다. 부자들을 점점 더 부자로 만드는 비밀입니다. 시간을 갖고 부지런히 자기 사업을 한 결과 찾아오는 보상입니다.

B

실패는 성공의 어머니이다.

우리는 학교에서 실수는 나쁜 것이라고 배웁니다. 그리고 우리는 실수를 할 때마다 벌을 받습니다. 하지만 인간이 배우는 방식을 보면 실수를 통해 교훈을 얻고 배움을 얻습니다. 우리는 넘어짐으로써 걷는 법을 배웁니다. 부자가 되는 것도 마찬가지입니다. 아쉽게도 대부분의 사람들이 부자가 되지 못하는 근본 원인은 그들이 지는 것을 걱정하기 때문입니다.

이기는 사람들은 지는 것을 걱정하지 않습니다. 하지만 지는 사람들은 그것을 걱정합니다. 실패는 성공으로 가는 지름길입니다. 실패를 피하는 사람들은 성공도 피하는 것입니다.

돈이라는 것은 테니스 게임과 비슷하다고 생각합니다. 나는 열심히 하고 실수를 하고, 고치고, 또 실수를 하고, 또 고치고, 그러면서 실력이 나아집니다. 게임에서 지면 나는 상대편에게 다가가 악수를 청합니다. 그리고 미소를 지으면서 이렇게 말합니다.

"다음 토요일에 봅시다."

C

로버트 기요사키 샤론레흐트는 글을 마치며 돈이 자신을 위하게 하라고 권합니다.

돈이 우리를 위해 일하도록 만드는 방법을 터득하는데 도움이 되었으면 좋겠습니다. 오늘날 우리는 생존을 위해서라도 더 높은 금융 지능이 필요합니다. 돈이 있어야 돈을 번다는 생각은 경제적으로 똑똑하지 못한 사람들의 생각입니다. 그렇다고 그들이 지적이지 않다는 말은 아닙니다. 그들은 단지 돈을 버는 과학을 배우지 않았을 뿐입니다.

돈은 아이디어에 불과합니다. 당신이 더 많은 돈을 원한다면 먼저 생각을 바꾸어야 합니다. 자수성가한 사람들은 누구나 작은 아이디어로 시작해서 그것을 무언가 큰 것으로 바꾸었습니다. 투자에 대해서도 마찬가지입니다. 몇 달러만 있으면 시작할 수 있고 그것을 무언가 큰 것으로 만들 수 있습니다. 너무나도 많은 사람들이 평생 큰 건만 쫓거나 많은 돈을 모아서 큰 건에 뛰어들려 합니다. 하지만 내가 볼 때 그것은 어리석은 일입니다. 나는 똑똑하지 못한 투자가들이 그 많은 종자돈을 한 건에 넣고 금방 잃는 것을 보곤 했습니다. 그들은 일은 잘 했는지 몰라도 투자는 잘 하지 못했습니다.

돈에 대한 교육과 지혜가 중요합니다. 일찍 시작하라. 책을 사라. 강연에 가라. 실천하라. 그리고 작게 시작하라.

내가 5천 달러의 현금을 백만 달러의 자산으로 키워 매달 5천

달러의 현금 흐름을 만드는 데는 6년도 걸리지 않았습니다. 하지만 나는 어렸을 때 공부를 시작했습니다. 나는 여러분도 배우고 공부할 것을 권유합니다. 그것은 그렇게 어렵지 않습니다. 사실 그것은 일단 맛을 보면 쉽다고 할 수 있습니다.

내 이야기가 충분히 전달되었으리라 생각합니다. 당신의 머리에 있는 것이 당신의 손에 있는 것을 결정합니다. 돈은 아이디어에 불과합니다. 『생각하라. 그러면 부자가 되리라 Think and Grow Rich』라는 멋진 책이 있습니다. 그 책의 제목은 「열심히 일해서 부자가 되라」가 아닙니다. 돈이 당신을 위해 열심히 일하게 만드는 법을 배워라. 그러면 당신의 삶은 더 쉽고 행복해질 것입니다. 이제는 안전하게 하지 말고 영리하게 하십시오.

(10) 진정한 기부

록펠러 재단의 어마어마한 기부, 김밥 할머니의 대학에 50억 기부 등 신문지상이나 방송에서 어려운 환경에서도 흔쾌히 기부하는 모습을 자주 보곤 합니다.

KAIST에 578억 원을 기부한 류근철 박사의 이야기는 눈물겹습니다. "아내가 셋째 딸이 집이 없는데 아파트까지 모두 기부한 것을 무척 가슴 아파한다."고 류 박사는 전했습니다.

류 박사는 "언젠가 정부의 고위직을 지낸 명사가 모교 행사에 참석해 단돈 1만 원도 기부하지 않으면서 기부를 독려하는 말만 하는 것을 보고 실망한 적이 있다."고 했습니다.

서남표 KAIST 총장은 류 박사를 보고 한국의 기부 문화, 나아가 한국의 역사를 바꾸었다고 한 말이 너무나 생생합니다.

(2009. 9. 8 동아일보)

평생을 모은 돈을 사회에 환원하거나 기부를 하는 것은 매우 용기있는 결단이 있어야만 가능합니다.

기부하는 사람들을 살펴 보면 자신의 대선 공약을 지키기 위해 전재산을 사회에 기부하는 대통령이 있는가 하면, 평생을 고생하여 초밥 장사로 사회에서 성공한 사업가의 기부도 있고, 홍콩의 액션 배우인 성룡은 자신의 재산을 자식에게 상속하지 않고 사회에 환원한다고 합니다.

심지어 자신의 신분을 밝히지 않고 돈만 기부하는 분도 계십니다.

우리는 신문지상이나 뉴스를 통해 보도되는 수많은 비인간적인 사건들을 보면서 인간성 상실이라든가 말세라든가 하는 말을 하곤 합니다.

그러나 우리 사회에는 이런 크고 작은 기부 문화를 만들어가는 모습 속에서 이 사회는 결코 혼자 만들어 가는 것이 아니라 함께 만들어가는 것임을 배우게 됩니다.

기부 문화의 기본은 자신의 이름을 드높이기 위해서가 아닙니다. 기부 문화를 통해 혜택을 받은 사람들은 이 사회의 그늘진 곳에서 희망의 손길을 필요로 하는 사람들을 위해 또 다른 모습의 기부 문화를 만들어 가면 되는 것입니다.

이렇게 솜이 물에 젖듯 기부 문화가 이 사회에 퍼져 나갔을 때 비로소 함께 사는 사회가 이루어질 것입니다.

돈은 모두 중요하다고 생각하지만 중요한 만큼 말하고 살지는 않는다. 돈에 대해서 알아야 될 것이나 반드시 가르쳐야 할 것이 너무나 많은데 무언가 잘못된 것이 틀림없다. 어려서부터 돈에 대해서 배우고 실천하며 살아야 한다. 돈 때문에 문제되는 사람이 너무나 많다.

돈에 대한 내용은 본장에서 조금 논의했지만 부족하여 보통사람들이 돈에 관한 공부를 쉽게 할 수 있도록 금전 교육 전문가나 교육 전문가들은 좋은 교재를 만들어 주어야 한다.

그래야 가정에서나 학교에서나 금전 교육이 수월하게 이루어질 것이다.

[참고]
『자녀를 성공시키는 금전 교육』 문용린, 한국지역사회교육협의회
『돈은 쓰면 쓸수록 늘어난다』 나카타니 아키히로, 창해
『돈의 철학』 나카지마가오루, 하이파이브
『부자 아빠 가난한 아빠』 로버트 기요사키 샤론 레흐트, 황금가지

2

고전과 명언에서
배워야 한다

가.
고전

수신(修身)에 빼놓을 수 없는 것이 명심보감과 논어입니다. 명심보감은 고려 충렬왕 때 추적이 편찬한 것인데, 원래는 명나라의 범입본이 먼저 편찬하였다고 합니다.

논어는 공자가 세상을 떠난 후 그의 제자 또는 재전(再傳)의 제자가 공자의 언행록을 편찬한 것입니다.

명심보감과 논어는 사람답게 사는 길을 가르쳐 주고 있는데 그 내용이 참으로 훌륭합니다.
명심보감과 논어 같은 훌륭한 고전이 현재까지 그 빛을 잃지 않고 발하고 있다는 것은 명저이기 때문이겠지요

필자의 부족한 식견보다 명저의 플라시보 효과를 인용하는 게 아주 적합하다는 생각입니다.

[참고]
「명심보감」 이청림, 태을 「명심보감」 이기석, 홍신
「명심보감」 이영준, 대일 「논어」 공자, 신원

1

자녀에게
꼭 가르치고 싶다

1. 자녀에게 꼭 가르치고 싶다

양보하는 사람

원한을 품지 마라. 대단한 것이 아니라면 정정당당하게 자기가 먼저 사과하라.
미소를 띠고 악수를 청하면서 모두를 흘려버리고자 제안하는 사람이 큰 인물이다.
– 카네기 –

　사양하는 마음으로 남에게 굽히고 양보할 줄 아는 사람은 중요
한 일을 잘 처리할 수 있고 높은 지위에 오를 수도 있지만, 고집이
세고 이기기만을 좋아하는 사람은 반드시 많은 적을 만들게 되고
일을 원만하게 처리할 수 없습니다.

　조직에서 윗사람에게 자기의 의견만 고집하는 사람과 양보하
며 굽히는 사람 중 상사는 어느 사람을 좋아할까요? 대답은 뻔한
것입니다.

양보한다는 것은 부드럽고 관용하는 태도를 말하는 것입니다. 성공한 사람들을 보면 대부분 온화한 성격을 소유한 사람들이라는 것을 보아도 알 수 있습니다.

다음의 한문 글귀는 양보하는 사람이 되라는 표현을 잘 했습니다. 잠언 말씀과 한문 글귀를 깊이 생각하여 사려 깊은 인격자가 되어야지요.

屈己者는 **能處重**하고 **好勝者**는 **必遇敵**이니라
굴 기 자　　능 처 중　　호 승 자　　필 우 적

자기를 굽히는 사람은 중요한 지위에 오를 수 있으며, 승리하기를 좋아하는 사람은 반드시 적을 만나게 된다.

"미련한 자는 분노를 당장에 나타내지만 슬기로운 자는 수욕을 참느니라"(잠언 12:16)

　　어느 날 사슴 두 마리가 외나무 다리 위에서 만났다. 다리 밑은 엄청나게 깊은 계곡으로 떨어지면 죽을 수밖에 없을 정도로 위험한 곳이었다. 두 마리 사슴은 절대 떨어지면 안 되겠다는 생각에 서로 밀치고 나아가려고 했다.

　　떨어지지 않으려고 뒤엉켜 싸우던 두 마리 사슴은 결국 다리 위에서 떨어져 둘 다 죽고 말았다.

　　그로부터 얼마 후 다른 두 마리 사슴이 외나무 다리 위를 지나다 중간에서 만났다. 그들은 다리 아래를 굽어보더니 어떡하면 떨어지지 않고 건널 수 있는지에 대해 궁리를 하고 얘기를 나누었다.

　　한참 후 사슴 한 마리가 허리를 굽혀 엎드리더니 그 위로 다른 사슴 한 마리가 지나갔다. 그후 엎드렸던 사슴이 일어나더니 자기도 갈 길을 갔다.

　　양보는 나를 생각하기보다 상대를 배려하는 마음에서 출발한다. 이는 세상을 살아갈 때 꼭 필요한 함께 사는 세상을 만드는 방법이다. 얼핏 보면 내가 손해보는 것 같지만 양보하고 배려할 때 그 결과는 나에게 손해가 아닌 이익으로 다가온다.

1. 자녀에게 꼭 가르치고 싶다

행동의 근본은 참는 것

남의 일을 잘 알고 있는 사람은 똑똑한 사람이다.
자기 자신을 잘 알고 있는 사람은 그 이상으로 총명한 사람이다.
그리고 남을 설복시킬 수 있는 사람은 강한 사람이다.
그러나 자기 자신을 이겨내는 사람은 그 이상으로 강한 사람이다.
– 노자 –

미국의 스탠퍼드 대학 미셸 박사의 '마시멜로 법칙'을 보면 두 개의 마시멜로를 먹기 위해 순간의 마시멜로 1개를 참아낸 아이들은 청소년이 된 이후에도 TV를 보지 않고 SAT 공부를 하여 평균 점수가 210이나 높았고 직장인이 된 이후에도 사고 싶은 것을 참고 은퇴 자금을 모은다고 합니다.

'자기 통제'가 성공의 지름길이라는 것이 마시멜로 법칙의 메시지라고 한다면 우리는 그 마시멜로 법칙을 습득하는 학습을 해야 합니다.

1966년 4살이었던 여아 캐럴린 와이즈는 마시멜로와 쿠키, 프레즐을 보여 주며 하나를 고르라고 했을 때, 캐럴린 와이즈는 마시멜로를 골랐습니다.

연구원은 "지금 먹으면 마시멜로를 1개만 먹을 수 있고, 15분을 기다리면 2개를 주겠다."고 말했습니다.

캐럴린 와이즈의 오빠(5살) 크레이그도 똑같은 실험에 참가했습니다. 그런데 캐럴린 와이즈는 기다렸고, 오빠는 못 기다렸다고 합니다.

더 큰 보상을 기대하고 15분을 꾹 참은 아이들은 참가자(653명)의 30%에 불과했다고 합니다. 이 실험은 인종이나 민족에 따라 차이는 없었습니다.

캐럴린 와이즈는 스탠퍼드대를 나온 뒤 프린스턴 대학에서 사회심리학 박사 학위를 받아 현재 퓨젯사운드대 교수로 있고, 로스앤젤레스에 살고 있는 오빠는 안 해 본 일이 없는 삶을 산다고 합니다.

'마시멜로 실험'에서 우리는 아이들이 참고 자기 통제를 할 수 있는 아이의 미래가 아주 밝다는 것을 배웠습니다.

아이들이 자기 통제를 학습할 수 있는 미셸 박사의 후속 연구를 기대해 봅니다.

우리들은 어려서부터 참고 살아야 한다고 배워 왔습니다.

참을 인(忍) 자가 셋이면 살인도 면한다는 말씀을 듣고 자라왔지만 정작 현실 생활에서 보면 조그만 것도 참지 못하고 펄떡펄떡 뛰고 있는 자신의 모습을 보고 나는 왜 이것밖에 되지 못하는 사람일까? 할 때가 많습니다.

모든 행동의 근본은 참는 것이 으뜸이라는 공자의 말씀을 깊이 생각하고 마음을 다스려야 합니다. 성경(고린도전서 13장)에도 사랑은 모든 것을 참으며 모든 것을 믿는다고 하였습니다. 현대에 사는 사람들은 참는 것에 익숙하지 않고 하고 싶은 대로 하고 사는데 바로 그게 문제입니다. 어머니의 자식에 대한 사랑이 희생과 참는 것이기 때문에 어머니의 사랑은 위대한 것이 아닐까요?

다음에는 공자의 제자인 자장의 글을 음미해 보겠습니다.

欲行에 辭於夫子할새 願賜一言이 爲修身之美하노이다.
욕행   사어부자   원사일언   위수신지미

子曰 百行之本이 忍之爲上이니라 子張이 曰 何爲忍之닛고
자왈 백행지본   인지위상   자장   왈 하위인지

子曰 天子忍之면 國無害하고 諸侯忍之면 成其大하고
자왈 천자인지   국무해   제후인지   성기대

117

官吏忍之면 進其位하고 兄弟忍之면 家富貴하고
관리인지　　　진기위　　　형제인지　　　가부귀

夫妻忍之면 終其世하고 朋友忍之면 名不廢하고
부처인지　　　종기세　　　붕우인지　　　명불패

自身忍之면 無禍害니라
자신인지　　　무화해

자장(공자의 제자)

　　자장이 떠나고자 하여 공자께 하직을 하면서 말하기를, 「몸을
닦는 가장 아름다운 길을 말씀해 주시기를 원합니다.」하니,
　　공자가 말하기를,
　　「모든 행동의 근본은 참는 것이 그 으뜸이니라.」
　　「참으면 어떻게 됩니까?」
　　「임금이 참으면 나라에 해가 없고, 제후가 참으면 큰 나라를 이
루고, 벼슬아치가 참으면 그 지위가 향상되고, 형제가 참으면 집
안이 부귀하고, 부부가 참으면 평생을 해로할 수 있고, 벗끼리 참
으면 이름이 깎이지 않고, 스스로가 참으면 재앙이 없을 것이다.」

1. 자녀에게 꼭 가르치고 싶다

현명한 여자

남편들이 보통 친구들에게 베푸는 것과 꼭 같은 정도의 예의를 아내에게 베푼다면
결혼 생활의 파탄은 훨씬 줄어들 것이다.

– 화브스타인 –

　　화목한 가정은 저절로 이루어지는 게 아닙니다. 남편은 아내에게 사랑을, 아내는 남편에게 존경을 해야 합니다.

　　어리석은 사람들은 이런 인간의 순리를 모르고 행동하기 때문에 화목함이 없이 힘들게 삽니다.

　　부족한 아내를 사랑하고, 부족한 남편일지라도 존경하면 틀림없이 화목한 가정을 이룰 수 있습니다.(부족하지 않은 사람은 이 세상에 없습니다.)

태공도 남편을 존경하라고 권했습니다.

痴人은 畏婦고 賢女는 敬夫니라
치인　　　외부　　　현녀　　　경부

태공

어리석은 사람은 아내를 두려워하고, 현명한 여자는 남편을 공경한다.

"어진 여인은 그 지아비의 면류관이나 욕을 끼치는 여인(부도덕하고 남편과 잘 다투는 여인)은 그 지아비로 뼈가 썩음 같게(남편에게 극도의 근심과 고통을 가한다는 뜻) 하느니라"(잠언 12:4)

어리석은 남편은 아내를 다루기 어렵기 때문에 두려워하고, 현명한 여자는 사물의 이치를 알기 때문에 남편을 소중하게 알고 공경한다.

"미련한 자는 자기 행위를 바른 줄로 여기나 지혜로운 자는 권고를 듣느니라"(잠언 12:15)

보답을 바라지 마라

사랑하는 동안에만 용서할 수 있다.
용서하는 것은 가장 고결하고 가장 아름다운 사랑의 형태.
용서는 이 세상에서 듣지 못할 평화와 행복을 그 보답으로 주나니.
– 로버트 뮬러 –

　　사람의 본능은 자신이 남에게 주는 것은 커 보이고 받은 것은 작아 보이는 법입니다.

　　그래서 준 것만큼 받기를 바란다면 문제가 생기기 쉽습니다.

　　사랑은 주는 것입니다. 받으려고 주는 것은 옳지 않다고 봅니다.

　　부모 자식 사이에는 재산에 관한 싸움이 아주 적습니다.

　　왜 그럴까요?

　　부모는 자식에게 받으려고 주는 게 아니기 때문입니다. 자식은 남은 것을 부모에게 주지만 부모는 자식에게 모든 것을 줍니다.

그래서 부모의 사랑이 위대한 것이지요.

그런데 타인과의 거래에서 발생하는 문제는 아주 많습니다. 그 문제가 바로 민사 문제, 형사 문제가 되어 세상이 어지러운 것이 아니겠습니까?

따라서 남에게 은혜를 베풀고 보답을 바라지 않는 철학이 있다면 얼마나 좋을까요?

다음의 구절을 깊이 생각해 보고 생활화해야 할 것입니다.

施恩勿求報하고 與人勿追悔하라
시 은 물 구 보 　　　　　여 인 물 추 회

은혜를 베풀거든 그 보답을 구하지 말고, 남에게 주었거든 뒤에 후회하지 마라.

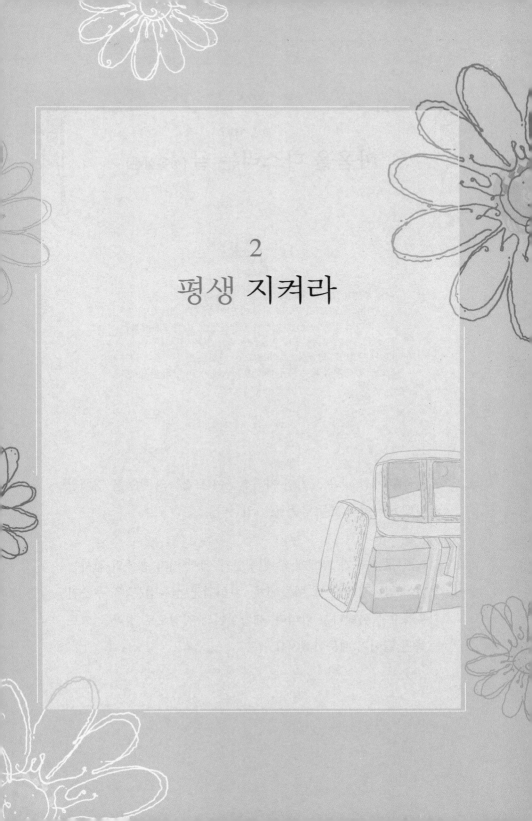

2
평생 지켜라

마음을 다스리는 글 (성유심문)

매일 수염을 깎아야 하듯 그 마음도 매일 다듬지 않으면 안 된다.
한 번 청소했다고 언제까지나 방 안이 깨끗한 것은 아니다.
우리의 마음도 한 번 반성하고 좋은 뜻을 가졌다고 해서
그것이 늘 우리 마음속에 있는 것은 아니다.
어제 먹은 뜻을 오늘 새롭게 하지 않으면, 그것은 곧 우리를 떠나고 만다.
그러므로 어제의 좋은 뜻은 매일 마음속에 새기며 되씹어야 한다.
– 루터 –

지금 소개할 글은 도가인 자허원군이 사람들의 행동을 경계한
글인데 하나하나 모두 금언(金言)입니다.

'밤나무 검사가 딸에게 쓴 인생연가'에서 저자 송종의 검사는
자식이 남매가 있는데 아들에게 '자허원군 성유심문'을 무조건
외우라고 볶아댔다고 합니다. 세상살이의 지침으로 정곡을 찌르
는 좋은 글이기 때문이겠지요.

어떤 사람들은 이 글을 하루에 한 번씩 정독을 한다고 합니다.

의역과 직역 두 가지로 정리해 보았습니다,

맑고 겸손하면 재앙을 사라지게 하고 복이 생기며
몸을 낮추면 덕이 생긴다.
마음이 안정되면 도(道)를 얻고
온화한 사람은 장수를 누린다.
욕심이 많으면 근심이 생기고
탐욕은 재앙을 불러온다.
경거망동하면 허물이 생기고
어질지 못하면 죄를 얻는다.
그른 일을 즐겨 보지 말며
남의 부족함을 말하지 말며
마음을 경계하여 탐욕을 버리고
나쁜 친구를 따르지 마라.
쓸데없는 말을 함부로 하지 말고
나와 무관한 일에 덤벼들지 마라.
윗사람과 부모님을 잘 섬기고
어른과 덕 있는 자를 받들고
무식한 사람의 부족함을 덮어주라.
불순한 뜻이 없는 재물은 공손히 받고

이미 떠나 간 것은 쫓지 마라.

내 것이 안 될 것을 바라보지 말며 (어려움에 처해도 요행을 바라지 말고)

과거에 매이지 마라.

총명한 듯해도 어둔 것이 있으며

계산만 앞세우면 편의를 잃게 되니

사람 잃는 것은 자신을 잃는 것이다.

권세를 부리면 늘 재앙이 따르니

마음을 가다듬고 허세를 멀리 하라.

절약하지 않으면 집이 망하고

청렴하지 않으면 벼슬자리를 잃나니,

이 말 평생토록 잊지 말고 경계하며 두렵게 생각하라.

위에서는 하늘이 널 주시하고 땅에서는 귀신이 늘 따라다니며

국법이 너의 주변에 늘 있느니 감추려 해도 감추지 못한다.

오로지 양심을 지켜 너 스스로 속이지 말지니

경계하고 또 경계할 일이다.

誠諭心文 (성유심문)

福生於淸儉하고 **德生於卑退**하고 **道生於安靜**하고
  복생어청검   덕생어비퇴   도생어안정

命生於和暢하고 **憂生於多慾**하고 **禍生於多貪**하고
  명생어화창   우생어다욕   화생어다탐

過生於輕慢하고 罪生於不仁이니
　　과생어경만　　　　죄생어불인

戒眼莫看他非하고 戒口莫談他短하고
　　계안막간타비　　　　계구막담타단

戒心莫自貪嗔하고 戒身莫隨惡伴하고
　　계심막자탐진　　　　계신막수악반

無益之言을 莫妄設하고 不干己事를 莫妄爲하고
　　무익지언　　막망설　　　불간기사　　막망위

尊君王孝父母하며 敬尊長奉有德하고
　　존군왕효부모　　　　경존장봉유덕

別賢愚恕無識하고 物順來而勿拒하며
　　별현우서무식　　　　물순래이물거

物旣去而勿追하고 身未遇而勿望하며
　　물기거이물추　　　　신미우이물망

事已過而勿思하라 聰明도 多暗昧요
　　사이과이물사　　　총명　　다암매

算計도 失便宜니라 損人終自失이오
　산계　　실편의　　　　손인종자실

依勢禍相隨라 戒之在心하고 守之在氣라
　　의세화상수　　　계지재심　　　수지재기

爲不節而亡家하고 因不廉而失位니라
　　위부절이망가　　　　인불염이실위

129

勸君自警於平生하나니 可歎可警而可思니라
　　권군자경어평생　　　　　가탄가경이가사

上臨之以天鑑하고 下察之以地祇라
　　상임지이천감　　　　　하찰지이지지

明有三法相繼하고 暗有鬼神相隨라
　　명유삼법상계　　　　　암유귀신상수

惟正可守요 心不可欺이니 戒之戒之하라.
　　유정가수　　심불가기　　　계지계지

　　　　　　　　　　　　　　자허원군(도가)

복은 청렴(맑고)하고 겸손한 데서 생기고

덕은 몸을 낮추고 겸손한 데서 생기고

도(道)는 마음이 편안하고 고요한 데서 생기고

생명(살아 있기 위한 힘의 바탕)은 화창(마음씨가 부드럽고 밝음)한 데서
생기고

근심은 욕심이 많은 데서 생기고

재앙은 흔히 탐내는(믈욕) 데서 생기고

과실(잘못이나 허물)은 말과 행동이 경솔하고 교만한 데서 생기고

죄악은 어질지 못한 데서 생긴다

어질지 못하면 남을 해치거나 불의를 행하여 죄악을 범하게
된다

눈을 경계하여 다른 사람의 그릇된 것을 보지 말고(교양 높은 사람의 태도)

입을 경계하여 다른 사람의 결점을 말하지 말고(교양 높은 사람의 태도)

마음을 경계하여 탐내거나 성내지 말며

몸을 경계하여 나쁜 벗을 따르지(사귀지) 마라

(나쁜 벗을 사귀면 자기도 모르게 물든다. 근묵자흑近墨者黑)

무익한 쓸데없는 말을 함부로 하지 말고

내게 관계없는 일을 함부로 행하지 마라

군왕을 높이고 부모에게 효도하며

존장(15세 이상의 어른)을 공경하고(이것은 인간의 도리)

덕이 있는 이를 받들며 어진 사람과 어리석은 사람을 분별하고, 무식한 사람을 용서하라(인간의 지혜)

물건이 순리로 오거든 이를 물리치지(거절치) 말고

이미 지나갔거든 뒤쫓지(잡지) 않으며

몸이 불우한 처지에 놓여도 요행을 바라지 말고

일이 이미 지나갔거든 생각하지 마라(분수를 지키고 천명에 따르는 행동)

총명한 사람도 어두운 때가 많고(사리 판단에 흐릴 수가 있고)

계획을 잘 세워도 기대에 어긋나는 수가 있다

남을 손상하면 마침내 자기도 손실을 입을 것이요

세력에 의존하면 재앙이 온다

경계할 것은 마음에 있고 지키는 것은 기운에 있다
근검절약하지 않으면 집안을 망치게 하고
청렴하지 못하면 벼슬자리를 잃는다
그대에게 평생을 두고 스스로 경계하기를 권하노니 놀라워하며 두려워함이다
위엔 하늘의 거울이 있고, 아래엔 땅의 신령이 살펴보고 있다
밝은 곳엔 삼법(불교에서 敎(교) 行(수행) 證(증))이 이어 있고 어두운 곳에는 귀신이 따르고 있다
오직 바른 것[正道]을 지키고 양심을 속이는 일이 없도록 경계하고 또 경계하라.

3

배워야만
인간답게 산다

부지런히 배워라

기적은 대개 부지런하고 열심히 그것을 좇는 사람에게 찾아간다.
앉아서 기적을 기다리는 사람에게는 영원히 찾아오지 않는다.
- 클레망스 -

50여 세에 자신의 막내아들과 같은 중학교 1학년이 되어 공부하는 사람을 보았습니다. 중학교 교복을 입고 있었습니다.

또한 60세가 넘는 부부가 공부를 시작했다는 것도 낯선 일이 아닙니다.

어느 판사는 60여 세에 퇴직하고 물리학을 공부하기 위해 미국으로 유학을 간다는 사연을 보았습니다.

배움에는 끝이 없다는 말이 맞는 것 같습니다. 나이가 들어 제대로 공부하는 게 얼마나 어려운 것인가는 설명이 필요 없겠지요.

'올해에 배우지 아니하고 내년이 있다고 말하지 마라' 라고 주자는 인생을 얼마나 잘 보았습니까? 사람은 나이에 따라 발달 단계가 있습니다. 그 발달 단계에 따라 열심히 사는 게 정상이고 최선일 것입니다.

다음 주자의 글을 음미해 볼까요?

勿謂今日不學而有來日하며
물위금일불학이유래일

勿謂今年不學而有來年하라
물위금년불학이유래년

日月逝矣나歲不我延이니
일월서의   세불아연

嗚呼老矣라是誰之愆고
오호노의   시수지건

주자

오늘 배우지 아니하고서 내일이 있다고 말하지 말며(내일로 미루지 말고)
올해에 배우지 아니하고 내년이 있다고 말하지 마라(내년으로

미루지 마라)

날과 달은 간다. 세월은 나를 위해서 멈추어 주지 않는다

아! 늙었도다, 이 누구의 허물인고(누구를 원망할 것인가)

3. 배워야만 인간답게 산다

학문에 힘쓰라

한 마리의 개미가 한 알의 보리를 물고 담벼락을 오르다가 예순아홉 번을 떨어지더니
마침내 일흔 번째 목적을 달성하는 것을 보고 용기를 회복하여
드디어 적과 싸워 이긴 옛날의 영웅 이야기가 있는데,
동서고금에 걸쳐서 변치 않는 성공의 비결이다.
– 스코트 –

　공자도 태어날 때부터 모든 것을 알고 있었던 것이 아닙니다. 다만 옛 사람들이 남긴 업적을 좋아해 끊임없이 배우고 연구했을 뿐입니다.

　공부에 힘써야 사물의 이치를 잘 알 수 있고, 합리적인 판단을 할 수 있다는 것은 여러 번 이야기했습니다.

　다음 주문공의 글을 음미해 보기 바랍니다.

家若貧이라도 不可因貧而廢學이요
가약빈　　　불가인빈이폐학

家若富라도 不可時富而怠學이니
가약부　　　불가시부이태학

貧若勤學이면 可以立身이요
빈약근학　　　가이입신

富若勤學이면 名乃光榮하리니
부약근학　　　명내광영

惟見學者顯達이요 不見學者無成이니라.
유견학자현달　　　불견학자무성

學者는 乃身之寶요 學子는 乃世之珍이니라.
학자　　내신지보　　학자　　내세지진

是故로 學則乃爲君子요
시고　　　학즉내위군자

不學則爲小人이니 後之學者는 宜各勉之니라.
불학즉위소인　　　후지학자　　　의각면지

주문공－당송8대가

집이 만약 가난하더라도 가난으로 인하여 배움을 없이해서는
안 되고, 집이 만약 부유하더라도 부유한 것을 믿고 배움을 게을

리 해서는 안 된다. 가난한 사람이 만약 부지런히 배운다면 몸을 일으킬 수 있을 것이요. 부유한 사람이 만약 부지런히 배운다면 이름이 더욱 빛날 것이다.

오직 배운 사람만이 출세한 것을 보았으며, 배운 사람으로서 이루지 못하는 것을 보지 못했다. 배움이란 곧 몸의 보배요, 배운 사람이란 곧 세상의 보배이다. 그러므로 배우면 군자가 되고 배우지 않으면 소인이 되느니라. 뒷날 배우는 사람은 마땅히 각각 힘써야 할 것이다.

"지혜는 진주보다 귀하니 너의 사모하는 모든 것으로 이에 비교할 수 없도다"(잠언 3:15)

"지혜가 제일이니 지혜를 얻으라. 무릇 너의 얻은 것을 가져 명철(선과 악, 참과 거짓을 분별하는 것. 명철의 말씀-하느님의 율법)을 얻을지니라"(잠언 4:7)

군자 3락(君子三樂)

(군자는 학문과 덕이 높고 행실이 바르며 품위를 갖춘 훌륭한 사람)

나는 나의 스승들에게서 많은 것을 배웠다.
그리고 내가 벗삼은 친구들에게서 더 많은 것을 배웠다.
그러나 내 제자들에게선 훨씬 더 많은 것을 배웠다.
– 탈무드 –

군자의 3가지 즐거움을 바꾸어 말하면 바로 인간답게 사는데 핵심적으로 필요한 내용을 말합니다.

2000년이 훨씬 넘는 시절에 공자와 맹자는 인간의 핵심을 어떻게 그리 잘 보았는지 감탄하지 않을 수 없습니다.

공자·맹자의 군자3락을 자신의 삶의 지표로 삼아 소인이 아닌 군자로 사는 후손들의 모습을 그려봅니다.

맹자(孟子)

君子有三樂
　　군자유삼락

父母俱存 兄弟無故一樂也
　　부모구존　　　형제무고일락야

仰不愧於天 俯不作於人二樂也
　　앙부괴어천　　　부부작어인이락야

得天下英才 而教育之三樂也
　　득천하영재　　　이교육지삼락야

군자에게는 세 가지 즐거움이 있다.

천하의 왕이 되는 것은 세 가지 즐거움에 넣지 않는다.

부모님이 다 살아 계시고 형제가 아무 탈 없이 평안한 것이 첫
번째 즐거움이요.

우러러 하늘에 부끄럽지 않고 굽어보아도 사람들에게 부끄럽
지 않은 것이 두 번째 즐거움이요.

천하의 총명한 인재를 얻어서 교육하는 것이 세 번째 즐거움
이다.

공자(孔子)

學而時習之면 不亦說乎아
　　학이시습지　　불역열호

有朋이 自遠方來면 不亦樂乎아
　유붕　　자원방래　　불역락호

人不知而不溫이면 不亦君子乎아.
　인불지이불온　　　불역군자호

　배우고 때에 맞추어(timely) 익히니 이 또한 기쁘지 아니한가?(평생 학습)

　뜻을 같이 하는 친한 벗이 먼 곳으로부터 찾아오니 이 또한 즐겁지 아니한가?(좋은 친구)

　사람들이 알아주지 않아도 화를 내지 않으니 이 또한 군자가 아니겠는가?(삶의 태도)

4

부모를
어떻게 모실까

노인을 공경하라

자기 부모를 사랑하는 사람은 감히 남을 미워하지 못하고
자기 부모를 공경하는 사람은 감히 남을 업신여기지 못하니,
사랑하고 공경하는 마음을 자기 부모에게 다하고 보면
덕스러운 가르침이 백성들에게까지 미쳐서 천하가 본받게 될 것이니
이것이 바로 효도이다.

— 공자 —

어쩌면 그 옛날에 부모와 자식 사이의 세태를 이렇게 잘 보았을
까요? '나도 부모님께 그러지 않았던가? 내 자식도 나에게 그러겠
지' 라는 생각을 하니 부끄럽고 서글퍼집니다.

이런 문제도 교육으로 바로 잡아야지요.

兒曹는 出千言하되 君聽常不厭하고
아조　　출천언　　　군청상불염

144

父母는 一開口하면 便道多閑管이라
부모　　일개구　　　편두다한관

非閑管親掛牽이라 皓首白頭에
　비한관친패견　　　호수백두

多暗諫이라 勸君敬奉老人言하고
　다암간　　　권군경봉노인언

莫教乳口爭長短하라
　막교우구쟁장단

어린 자식들은 여러 가지 말을 해도 그대가 듣기에 늘 싫어하지 않고, 부모는 한 번 입을 열었건만 곧 잔소리가 많다고 한다. 참견이 아니라 어버이는 염려가 되어 그러는 것이니라. 흰머리가 되도록 긴 세월에 아는 것이 많도다.

그대에게 권하노니, 늙은 사람의 말을 공경하여 받들고, 젖 냄새 나는 입으로 길고 짧음을 다투지 말아라.

"지혜로운 아들은 아비의 훈계를 들으나, 거만한 자는 꾸지람을 즐겨듣지 아니하느니라." (잠언 13:1)

"거만한 자를 책망하지 마라. 그가 너를 미워할까 두려우니라. 지혜 있는 자를 책망하라. 그가 너를 사랑하리라." (잠언 9:8)

"내 아들아, 네 아비의 훈계를 들으며 네 어미의 법을 떠나지 마라."(잠언 1:8)

"교만은 패망의 선봉이요, 거만한 마음은 넘어짐의 앞잡이니라."(잠언 16:18)

부모의 과실에 자식은

네 자식들이 해주기를 바라는 것과 똑같이 네 부모에게 행동하라.
– 소크라테스 –

70년대 초에 아버지는 피난을 가야겠다고 하셨습니다. 그 당시 우리 나라 정세는 어수선하여 부유한 사람들은 이민을 떠나곤 하였습니다. 그렇지만 우리 같은 서민은 감히 이민을 생각할 수 없었습니다.

그런데 아닌 밤중에 홍두깨라는 말같이 무슨 피난을 간다는 것인지 어이가 없었습니다.

'피난, 산골로 가겠지. 그렇다면 아버지 재산의 1/100 정도'라는 생각이 머리를 스쳐 갔습니다.

"예, 피난 갈 곳을 마련하시지요."

"애야, 너희 형들은 모두 반대를 하는데 너는 왜 찬성이냐?"

"아버지 하시는 일에 아들인 제가 어떻게 반대를 하겠습니까."

아버지는 그래도 의아해 하셨습니다. 그 당시 나는 청주 여상에 교사로 근무하고 있을 때였습니다.

한 달 후에 아버지와 지관, 그리고 내가 계룡산에 가서 피난갈 곳을 하루 종일 살펴보고 왔습니다. 힘들고 어려운 하루였습니다.

이제 와서 생각해 보니 그때 기왕에 하는 일이라면 최선을 다했으면 좋으련만 수동적인 나를 생각하고 어리석은 사람이구나 하였습니다.

그리고 속으로 '지금 세상에 무슨 피난을 간다는 것인가?' 라고 생각했지만 아무 말씀도 드리지 못하고 '아버지 뜻대로 하시지요' 라고 했던 기억을 되살려 보고 그 당시 공자의 말씀을 알았다면 좋았을 걸 하고 생각하였습니다.

그 당시 난 30살 정도 되었을 때인데 아버지의 뜻을 거역해서는 안 된다는 생각이었고, 아버지는 매사에 잘못할 것이 별로 없고 잘못한다 해도 별것이 아니라는 생각에 아버지의 뜻을 거역하지 말자는 생각을 정립했었지요. 그 후 돌아가실 때까지 한 번도 아버지의 뜻을 거역해 본 적이 없었습니다.

그런 이야기를 자식들에게 이야기 해주면 "아버지는 바보야."

라고 합니다. 그렇지만 공자의 다음과 같은 말씀으로 후손들에게
가르쳐주고 반드시 그렇게 하라고 권하고 싶습니다.

事父母 幾諫 見志不從 又敬 不違 勞而不怨
사부모　기간　　견지부종　　우경　　불위　　　노이불원

－공자(孔子)

부모가 잘 못 했을 경우에도 어디까지나 부드럽게 말씀드려야
한다.

내 뜻을 받아주시지 않아도 반항을 하거나 불만을 품어서는 안
된다. 한결같이 공경하고 사랑하는 마음과 태도로 기다려야 한다.

나.
자아 실현을
위한 명언

"나는 한 성인(聖人)의 소망을 지침으로 삼고 있다. 어려운 일에는 단합을,
중요한 일에는 다양성을, 모든 일에는 관용을⋯⋯."
이 말은 조지 부시 대통령이 취임사에서 한 말입니다.

명사들의 명언은 우리들의 삶을 인간답게 만듭니다.
하나의 명언을 통해 삶이 조금 더 윤택해지고 여러 개의 명언을 통해 수준
높은 인격을 갖출 수 있습니다.
명언 하나하나를 소홀하게 보지 말고 소중하게 보아 자신의 몸에 맞게 생활
화하기 바랍니다.

이 명언을 가볍게 보지 말고 실천하여 자신의 인격을 닦기 바랍니다.

1
명사의 생활철학

제퍼슨의 생활 10계명

−미국의 3대 대통령, 독립선언서 초안−

　토머스 제퍼슨의 선조는 영국 웨일스로부터 버지니아로 이주한 초기 정착민입니다. 그들은 오랫동안 황무지를 개간하여 지방의 부호가 되었고, 제퍼슨은 미국 국가제도 건설에 핵심적 역할을 했을 뿐만 아니라 문학가로서도 성공한 대통령이었습니다. 제퍼슨이 후세에 남긴 생활 10계명은 그의 부모에게서 물려받은 소중한 유산으로 우리의 성공을 위한 지침으로 훌륭하다고 생각하여 소개합니다.

• 오늘 할 일을 내일로 미루지 마라.
• 당신이 할 수 있는 일을 남에게 미루지 마라.

- 돈이 없으면 쓰지 마라.
- 싸다고 해서 꼭 필요하지도 않은 물건을 사지 마라.
- 교만은 배고픔, 갈증, 추위보다 무서운 것이다.
- 소식(小食)을 실천하라.
- 좋아하는 일을 찾아 하라.
- 쓸데없는 걱정은 진짜 걱정을 초래한다.
- 쉬운 일부터 시작하라.
- 화가 날 때는 우선 열까지 센 후 말하라. 그래도 참기 어려우면 백까지 세라.

도쿠가와 이에야스의 유훈

(1542~1616) 일본의 에도 바쿠후의 초대 장군, 오다 노부나가,
도요토미 히데요시의 뒤를 이어 천하통일사업 완성, 근세 봉건제 사회 확립.

　　도쿠가와 이에야스는 16세기 전후에 산 사람이지만 사람의 본
성을 잘 깨우친 선각자입니다. 일이 터지면 남의 탓으로만 돌리는
우리를 크게 경고하는 듯합니다.
　　인내를 강조하고 분수를 알아야 한다고 강조합니다.
　　다음의 유훈을 보고 많이 배우기 바랍니다.

- 사람의 일생은 무거운 짐을 지고 먼 길을 걷는 것과 같다. 서두
　르면 안 된다.
- 무슨 일이든 마음대로 되는 것이 없다는 것을 알면 굳이 불만을
　가질 이유가 없다.

- 마음에 욕망이 생기거든 곤궁할 때를 생각하라.
- 인내는 무사장구의 근본, 분노는 적이라 생각하라.
- 승리만 알고 패배를 모르면 해가 자기 몸에 미친다.
- 자신을 탓하되 남을 나무라지 마라.
- 부족한 것은 지나친 것보다 나은 것이다.
- 모름지기 사람은 자기 분수를 알아야 한다.
- 풀잎 위의 이슬도 무거워지면 떨어지기 마련이다.

· 오다 노부나가

'저 두견새가 울지 않으면 죽여 버려라'

· 도요토미 히데요시

'저 두견새가 울지 않으면 울게 하라'

· 도쿠가와 이에야스

'저 두견새가 울지 않으면 울 때까지 기다려라'

소설 『대망』에서 주인공들의 의식 구조를 알아볼 수 있는 구절들이다.

참 재미있는 말들이다.

이 세 사람의 철학 중에 여러분은 어떤 철학을 선택하겠는가?

프랭클린의 생활 신조

(1706~1790) 미국의 정치가이자 출판업자, 과학자, 저술가. 연을 이용한 실험으로 번개와 전기의 방전은 동일하다는 가설을 증명. 코플리상 수상.

생활 신조는 우리의 생활에서 굳게 믿어 지키고 있는 생각을 말하는데, 이러한 생활 신조와 같은 철학은 반드시 있어야 합니다. 인간은 약한 존재로 철학과 신념이 없으면 흐트러지기 쉽습니다.

프랭클린의 생활 신조 13가지는 우리 생활에서 흐트러지기 쉬운 것들입니다. 반드시 지켜야 할 것으로 정곡을 찌른 것들입니다.

1. 절제 Temperance : 배가 부르도록 먹어서는 안 된다. 취하도록 마셔도 안 된다.

2. 침묵 Silence : 자신이나 남에게 도움이 안 되는 말을 해서는 안

된다.

3. 규율 Order : 모든 물건을 정해진 장소에 두어라. 모든 일을 시간을 정해서 하라.

4. 결단 Resolution : 무엇을 할 것인지 생각한 후에 결심하라. 한번 결심한 일은 반드시 실행하라.

5. 검소 Frugality : 허례허식, 사치, 낭비 하지 마라. 단 자기 자신과 이웃에게 선한 일은 주저하지 말고 행하라.

6. 근면 Industry : 시간을 낭비해서는 절대 안 된다. 언제나 무엇이나 유익한 것에 전념하고 필요 없는 일은 삼가라.

7. 성실 Sincerity : 거짓말로 남에게 해를 입혀서는 안 된다. 솔직하고 바르게 생각하고, 말할 때는 경우에 맞게 해야 한다.

8. 정의 Justice : 남에게 손해를 끼치지 말고 모든 일을 정당하게 하라. 누가 봐도 부끄럽지 않게 떳떳하게 행동해야 한다.

9. 중용 Moderation : 모든 일에 극단을 피하라. 당연하다고 생각되는 화풀이도 삼가야 한다. 쉽게 분노하지 말고, 분수를 지켜

야 한다.

10. 청결 Cleanness : 신체, 의복, 주거 환경에 불결한 곳이 없게
해야 한다.

11. 침착 Tranquility : 사소한 일, 피할 수 없는 일, 어려운 일에 부
딪쳤을 때 중심을 잃어서는 안 된다.

12. 순결 Chastity : 오직 건강과 후손을 위해 정절을 바쳐야 한다.
나 자신이나 다른 사람의 평화와 명성을 해치거나 무디게 하
는 데 성(性)을 사용해서는 안 된다.

13. 겸손 Humility : 예수나 소크라테스를 본받아야 한다.

1. 명사의 생활 철학
조지 워싱턴의 예절에 관한 법칙

미국의 제1대 대통령을 지낸 조지 워싱턴은 14살 때 스스로에게 다짐하기 위해 '다른 사람과 대화할 때 유의해 지켜야 할 예절 법칙' 110개를 정했습니다. 이 내용은 『예절의 법칙』이라는 책에 '전쟁과 평화 때 최초의 대통령을 이끌었던 110개의 교훈' 이라는 부제목으로 실려 있습니다. 그 가운데 몇 가지를 뽑았습니다.

자신의 것으로 생활화하면 좋겠네요.

1. 친구와 함께 있을 때는 그들을 존경해야 한다.

2. 남들과 함께 있을 때 콧노래를 부르지 말고, 손이나 발로 치지 마라.

3. 남이 말할 때는 잘 듣고, 남이 서 있을 때는 앉지 말며, 남이 걸음을 멈추면 걷지 마라.

4. 남이 말할 때 등을 돌리지 말고, 읽거나 쓸 때 책상을 두들기지 말며, 남에게 기대지 마라.

5. 아첨하지 말고, 함께 있어 기쁘지 않은 사람과는 어울리지 마라.

6. 남과 함께 있을 때는 편지나 책이나 신문 등을 읽지 마라.

7. 요청하지 않았는데 남이 읽은 책이나 원고를 읽으려고 가까이 가지 마라. 남이 편지를 쓸 때도 가까이 접근하지 마라.

8. 남이 비록 적일지라도 그들의 불행을 기뻐하지 마라.

9. 일에 대해 이야기할 때는 간략하고 명확하게 하라.

10. 글을 쓰거나 말을 할 때 상대방의 지위와 예절에 따라 적합한 호칭을 써라.

11. 논쟁할 때 윗사람과 다투지 말고, 항상 겸손하게 자신의 판단을 양보하라.

12. 누군가를 나무라거나 충고할 때 공적인지 사적인지, 지금 꼭 해야 할지 나중에 해야 할지, 어떤 용어를 쓸지를 잘 생각하라. 나무랄 때는 화내지 말고 부드럽고 다정하게 하라.

13. 중요한 것을 조롱하거나 빈정대지 마라. 날카롭고 신랄한 것에 대해 농담하지도 마라. 재치 있고 재미있게 말할 경우 네 자신이 우스워지지 않도록 조심하라.

14. 상대방을 화나게 하는 말이나 욕설, 비방을 하지 마라.

15. 상대방에 대한 비판을 너무 급하게 하지 마라.

16. 복장은 수수하게 하라. 찬사를 받으려기보다는 자연스럽게 치장하라.

17. 훌륭한 사람들과 교제하라. 나쁜 사람과 있는 것보다 혼자 있는 것이 차라리 낫다.

18. 말할 때 사악함(간사하고 악독함)과 질투가 없도록 하라. 그리고

이성이 감정을 누르도록 하라.

19. 친구의 비밀을 캐려고 하지 마라.

20. 기쁠 때나 식사 중에 슬픈 얘기를 하지 마라.

21. 아주 친한 친구가 아니면 네 꿈을 말하지 마라.

22. 상대방이 즐거워하지 않으면 농담하지 마라. 경우 없이 크게 웃지 마라.

23. 어느 정도 원인이 있다 할지라도 남의 불행을 비웃지 마라.

24. 농담이든 진담이든 상대방에게 상처 주는 말을 삼가라.

25. 경멸을 받을 만한 사람이라도 경멸하지 마라.

26. 주제넘지 말고 친절하고 예의를 지켜라. 우선 인사를 하고, 귀 기울여 듣고, 공손히 답하라.

27. 요청 받지 않았으면 충고하지 말고, 부득이 충고해야 할 때는 간단하게 하라.

28. 논쟁할 때 강요하지 말고, 본론과 상관없는 것으로 제 의견을 고집하지 마라.

29. 남의 불완전함을 비난하지 마라. 부모, 스승, 윗사람에 대해서 더욱 그리하라.

30. 남의 점이나 흉터가 왜 생겼느냐고 묻지 말고 쳐다보지도 마라.

31. 친구의 비밀을 다른 사람 앞에서 말하지 마라.

32. 대화할 때에는 잘 모르는 외국어보다는 모국어를 사용하라. 저속한 말이 아닌 품위 있는 언어를 쓰라. 그리고 고상한 문제는 심각하게 다루어라.

33. 말하기 전에 생각하라. 불명확하게 발음하지 말고, 말은 너무 빠르지도 않고, 질서정연하고 확실하게 말하라.

34. 남이 말할 때는 집중하고, 청중을 방해하지 마라. 머뭇거린다고 도와주지도 말 것이며, 재촉하지도 마라. 끼어들지도 말 것이며 이야기가 끝날 때까지는 대답하지도 마라.

35. 진실을 모른다면 사건에 대하여 언급하지 마라. 내가 들은 소

식을 말할 때, 꼭 말한 자의 이름을 밝히지 마라. 비밀이란 비밀 그대로 지켜져야 한다.

36. 다른 사람들의 사생활에 너무 호기심을 갖지 말고, 사적인 얘기를 하고 있는 사람들 사이에 요청 없이 가까이 접근하지 마라.

37. 책임질 수 없는 일을 맡지 마라. 그러나 일단 맺어진 약속은 꼭 지키도록 유념하라.

38. 윗사람이 말할 때는 귀 기울여 경청하고, 끼어들어 말하거나 웃지 마라.

39. 말할 때 우물쭈물하지 말고, 본론을 벗어나지 말고, 같은 말을 반복하지 마라.

40. 자리에 없는 사람에 대해 헐뜯지 마라. 공평하지 못한 행위이다.

41. 식사 중에는 무슨 일이든 화내지 말고, 어쩔 수 없이 화가 날지라도 표정에 나타내지 마라.

42. 네 마음속의 양심이라고 불리는 천상의 작은 불꽃이 항상 네 마음속에서 밝게 빛나도록 하라.

이런 소년을 찾습니다

이 글은 소년들이 지녀야 할 바른 생활 태도를 구인 광고 형식
으로 만든 것입니다. 19세기 말과 20세기 초에 미국의 유명한 칼
럼니스트인 프랭크 크레인이 만든 것인데, 오늘의 우리 젊은이들
도 마음에 새겨둘 내용입니다.

1. 똑바로 서고, 똑바로 앉고, 똑바로 행동하고, 똑바로 말하는 소년
2. 손톱이 길지 않고, 귀가 깨끗하고, 신발은 빛나고, 옷도 잘 손질
   하고, 머리는 깨끗이 빗고, 치아가 깨끗한 소년

3. 누가 말할 때 잘 듣고, 이해하지 못할 때 질문하고, 자기 일이 아닌 것은 질문하지 않는 소년

4. 재빠르게 움직이고 가능한 한 소음을 내지 않는 소년

5. 길거리에서 때로 휘파람을 불지만 조용해야 할 때는 휘파람을 불지 않는 소년

6. 밝은 표정으로 모든 사람들에게 웃어주고, 인상을 쓰지 않는 소년

7. 모든 사람에게 겸손하고 특히 부인과 소녀에게 정중한 소년

8. 담배를 피우지 않고, 배우려고도 하지 않는 소년

9. 다른 소년을 못살게 굴지도, 남이 자신을 못살게 굴도록 하지도 않는 소년

10. 모르면 "모릅니다.", 실수했으면 "죄송합니다.", 어떤 일을 부탁하면 "노력하겠습니다."라고 말하는 소년

11. 눈은 언제나 똑바로 보고 언제나 진실을 말하는 소년

12. 좋은 책을 읽으려고 하는 소년

13. 비밀 장소에서 도박을 하기보다는 체육관에서 여가를 보내기를 좋아하는 소년

14. 약삭빠르게 애쓰지 않고, 남의 주목을 끄는 일에 머리를 쓰지 않는 소년

15. 다른 소년들이 좋아하는 소년

16. 소녀들과 편안하게 있을 수 있는 소년

17. 자신을 변명하지 않고, 늘 자신에 대해서만 생각하거나 말하지 않는 소년

18. 어머니에게 친절하고, 누구보다도 자기 어머니와 친밀한 소년
19. 그가 있는 주변의 사람들을 기분 좋게 해 주는 소년
20. 착한 척하지도 않고, 잘난 척하지도 않고, 위선적인 행동을 하지 않으며, 건강하고 행복하며 삶의 활력이 충만한 소년

　이런 소년은 모든 곳에서 환영받는다. 가족도 원하고, 학교도 원하고, 사회에서도 원하고, 소녀들도 원하고, 모든 사람들이 원한다.

2

성공의 비결

말을 잘 할 수 있는 비결

한 마디의 말이 들어맞지 않으면 천 마디의 말을 더 해도 소용이 없다.
그러기에 중심이 되는 한 마디를 삼가서 해야 한다.
– 채근담 –

신언서판(身言書判)은 외모[身], 말솜씨[言], 글씨[書], 사물의 이치를 판단하는 능력[判]을 말하는데, 당나라 때 관리를 뽑는 시험에서 인물의 평가 기준으로 삼았던 것입니다.

외모 못지 않게 말솜씨도 대단히 중요합니다.

말이란 저절로 되는 것이 아닙니다. 상황에 맞게 적절한 말을 하기 위해서는 몇 가지 요령이 필요합니다.

다음의 7가지 원칙을 잘 이해하고 이를 실천하면 좋은 성과를 거두게 될 것입니다.

■ 원칙 1 - 명확하게 말하자.
- 핵심을 간단 명료하게 하라.
- 말은 짧을수록 좋다.

■ 원칙 2 - 알기 쉽게 말하라.
- 결론을 먼저, 이유는 뒤에 하는 화법도 좋다.

■ 원칙 3 - 기분 좋게 말하라.
- 상대방의 입장이 되어 말하라.
- 말을 잘 한다는 것은 마음을 잘 쓴다는 것과 같다.

■ 원칙 4 - 성실하게 진실을 말하라.
- 인간을 평가할 때 중요한 가치 기준은 성실과 진실이다.
- 거짓말도 하기 시작하면 습관이 된다.

■ 원칙 5 - 품위 있고 교양 있게 말하라.
- 말은 인격의 표현으로 그 사람의 품위와 교양이 나타난다.

■ 원칙 6 - 유쾌하고 밝은 표정으로 말하라.
- 말의 효과는 분위기와 말하는 사람의 표정에 따라 큰 차이가 있다.
- 화안애어(和顏愛語) : 따뜻하고 편안한 표정과 친절하고 부

드러운 말(불경)

■ 원칙 7 – 해야 할 말과 하지 말아야 할 말을 분별하라.
  • 마음속에 숨겨두지 못하고 말을 다 해 버리는 사람은 결코
    큰일을 할 수 없다.(칼라일)
  • 말이 조리에 맞지 않으면 아니함만 못하다.(명심보감)
  • 어리석은 사람을 어떻게 알아낼 수 있을까. 어리석은 사람
    은 지나치게 말이 많다.(탈무드)

인간 관계의 비결

그 사람의 입장에 서 보지 않는 한 남의 일에 대해서 이러쿵저러쿵 함부로 말하지 마라.
남은 되도록 많이 용서하되 자기 자신에 대해서는 아무것도 용서하지 마라.
– 탈무드 –

송병락의 『마음의 경제학』에서 인간 관계의 비결은 정곡을 찌르는 원칙 10개입니다. 어쩌면 그렇게 인생을 잘 보았는지 감탄스럽습니다.

잘 실천하면 나날이 멋지게 변하는 자신의 모습을 보게 될 것입니다.

■ 원칙 1 – 상대의 중요감을 높여라.
• 처음 만난 사람의 이름을 잘 기억할 것

- 상대에 따라 적절한 예의를 차릴 것
- 솔직한 칭찬을 주저하지 말 것
- 상대의 충고나 의견을 묻고 받아들일 것
- 상대의 관심사를 미리 알고 화제를 삼을 것
- 길이나 좌석을 양보할 것
- 상대방에게 말을 더 많이 하도록 할 것
- 상대방의 주장을 존중할 것
- 큰 손해가 아닌 이상 자신이 손해를 볼 것
- 받은 은혜는 잊지 말고 베푼 것은 잊을 것

■ 원칙 2 – 인사를 정성껏 하라.

- 안녕하십니까?(호감)
- 감사합니다.(감사)
- 죄송합니다.(반성)
- 먼저 하십시오.(양보)
- 도와 드릴 것 없습니까?(봉사)

■ 원칙 3 – 말을 잘 하는 것보다 말을 잘 들어라.

조물주는 인간에게 두 개의 귀와 한 개의 혀를 주었다. 인간은 말하는 것의 두 배를 들을 의무가 있다.(그리스 철학자 – 제논)

- 상대방이 말하는 것을 완전히 이해한다.
- 상대방의 말의 내용에서 나에게 필요한 정보를 얻어낸다.

- 듣는 태도에서 주의 깊게 성의를 다하고 마음을 주면서 듣는다.

■ 원칙 4 – 상대방의 입장에서 생각하고 행동하라.
- YOU의 법칙 : 상대방의 입장에서 판단하고 행동한다.
- 자기 중심적인 입장에서 생각하고 행동함은 인간 관계에서 금물이다.

■ 원칙 5 – 신용은 인간 관계의 근본이다.
  인간 관계 유신(人間關係有信)
- 표리 부동한 행동을 절대 하지 않는다.
- 자신의 말과 행동에 책임을 진다.

■ 원칙 6 – 남의 약점을 지적하지 마라.
  남의 약점과 단점을 보충해 주는 사람이 되어야 한다.

■ 원칙 7 – 논쟁을 피하라.
- 논쟁에서 이길 수 있는 최선의 방법은 단 한 가지, 논쟁을 피하는 것이다. 독사나 지진을 피하듯이 논쟁을 피하라.(카네기)
- 정의로운 논쟁을 통해서 얻은 승리감에 만족하는 것이 좋은 것인지 아니면 상대방의 호감을 얻는 것이 좋은 것인지 잘 생각해야 할 것이다. 그것은 이 두 가지를 절대로 함께 얻을 수

없기 때문이다.(카네기)

■ 원칙 8 - 정과 의리(사람으로서 마땅히 지켜야 할 바른 도리)에 철저
하라.

■ 원칙 9 - NO라고 할 수 있는 자기 주장을 가져라.

■ 원칙 10 - 무재칠시(無財七施)를 실천하라.
　불교에서는 남에게 베푸는 것이 수행의 기본이 된다. 돈이 있어
야 남에게 베풀지 돈도 없는데 어떻게 베풀 수 있느냐고 하는 사
람들이 있다. 그러나 재물을 갖지 않고도 남을 도와줄 수 있는 방
법이 7가지가 있다고 하는데, 이를 '무재칠시'라고 한다. 즉, "깨
끗한 마음으로 남에게 베풀 수 있는 7가지"를 실천하면 인색한 인
간 관계에서 벗어날 수 있을 것이다.
1. 신시(身施) : 몸으로 도와주는 봉사와 헌신
2. 심시(心施) : 사랑하고 이해하는 따뜻한 마음으로 도와주는 것
3. 안시(眼施) : 인자하고 편안한 눈빛으로 대하는 것
4. 화안시(和顔施) : 상냥하고 밝은 표정으로 대하는 것
5. 언시(言施) : 친절하고 따뜻한 말로 대하는 것
6. 상좌시(床座施) : 남에게 자리를 잡아주거나 양보해서 편안하
　　게 해 주는 것
7. 방사시(房舍施) : 쉴 수 있는 방을 제공해서 도움을 주는 것

이러한 도움은 아무리 가난한 사람이라도 남에게 베풀 수 있
는 것이므로 일상 생활에서 항상 실천하도록 노력해야 된다고
하였다.

(『마음의 경제학』, 송병락, 박영사)

어려서나 젊은 나이에 이런 좋은 인간 관계의 비결을 보지 못한 게 참 후회된다.

인간 관계의 비결 원칙 10가지 모두 빼놓지 말고 자신의 것으로 생활화하면 얼마나 좋을까?

성공할 사람, 실패할 사람

> 인생 속에서 찾아볼 수 있는 성공의 비결 몇 가지는 이런 것이다.
> 날마다 자기의 일에 관심을 가지는 것, 남다른 열심을 가지는 것,
> 그리고 매일을 중요하게 간주하는 것이다.
> – 윌리엄 펠프스 –

성공한 사람들을 보면 뭔가 다르고, 특별한 것이 있지 않느냐는 생각을 하게 됩니다. 태어나면서부터 성공할 사람과 실패할 사람이 정해지는 것은 아닙니다. 그러나 분명한 것은 살아가면서 어떤 태도로, 어떤 자세로 살아가느냐에 따라 성공한 사람의 대열에 들어서느냐 실패한 낙오자로 남을 것이냐가 정해집니다.

성공할 수 있는 사람이 어떤 사람인가를 성공한 사람과 실패한 사람을 비교하여 설명함으로써 성공한 사람이 가야 할 길을 구체적이고 선명하게 지적해 주었습니다. 깊이 생각하고 실천하여 생

활화하기 바랍니다.

1. 실패할 사람은 생각만 많이 한다. 그러나 성공할 사람은 생각을 즉각 행동으로 옮긴다. 내가 생각만 많은 사람인지, 무언가를 보여주는 사람인지를 스스로 판단해 보라.

2. 우리는 인생이라는 마라톤에서 꾸준한 페이스를 지키고 있는 가? 성공할 사람은 힘과 시간과 정력을 적절히 안배한다. 그러나 실패할 사람은 너무 속력을 내다가 지쳐 쓰러지거나 기어간다.

3. 성공할 사람은 실수를 통해서 무엇인가를 배워 나간다. 그러나 실패할 사람은 실수를 하지 않으려고 발버둥치다가 한 번도 행동으로 보여주지 못한다.

4. 성공할 사람은 사명감과 주인 의식을 가지고 일에 임한다. 그러나 실패할 사람은 맡겨진 일을 마지못해 하는 노예이다. 신나게 일하는 사람에게는 세상이 보랏빛이고, 할 수 없이 하는 사람에게는 이 세상이 잿빛이다.

5. 실패할 사람은 자기가 보는 눈이 가장 정확하다고 우기지만, 성공할 사람은 자기 눈이 아닌 제 3자의 눈으로 객관화시켜 본다.

6. 실패할 사람은 눈앞의 것이 전부이거나 먼 훗날 어쩌면 행운의 여신이 나에게 손짓할 것이라는 막연한 기대를 한다. 그러나 성공할 사람은 먼 것, 가까운 것을 동시에 바라보는 마음의 줌 렌즈를 가지고 있다.

7. 실패할 사람은 이유가 많다. 여건을 탓하고, 환경을 탓하고, 분위기를 탓하며, 상사와 부하를 탓한다. 성공할 사람은 거기에 구애받지 않고 꾸준하게 행동한다.

8. 실패할 사람은 자신의 잘못을 인정하지 않고 변명만 한다. 그러나 성공할 사람은 자신의 잘못을 솔직히 인정하고 개선하려고 노력한다.

9. 실패할 사람은 일에 끌려가고, 성공할 사람은 일을 끌고 간다.

10. 실패할 사람은 말하는 데 열중하지만, 성공할 사람은 경청하는 데 열중한다.

11. 실패할 사람은 약자에게 강하고 강자에게 약하지만, 성공할 사람은 모두에게 똑같이 겸손하다.

12. 실패할 사람은 좋은 사람에게서 나쁜 점을 찾으려고 하고, 성

공할 사람은 나쁜 사람이 가지고 있는 좋은 점을 발견하려고 노력한다.

13. 실패할 사람은 말이 앞선다. 말을 하느라고 일을 행동으로 옮기지 못한다. 성공할 사람은 목적을 달성할 때까지 침묵 속에서 일을 한다.

14. 실패할 사람은 배타적이어서 찬바람이 돌지만, 성공할 사람은 우호적이어서 따뜻한 바람이 감돈다.

15. 실패할 사람은 큰 실수 없이 일을 하려고 자기를 지키는 데 열중하지만, 성공할 사람은 실수가 있더라도 새로운 것을 창조하려고 노력한다.

16. 실패할 사람은 문제의 핵심을 파고들지 못하고 주변만 맴돌지만, 성공할 사람은 과감하게 관철시켜 나간다.

17. 성공할 사람은 도전자의 자세로 일을 하고, 실패할 사람은 방어 태세로 일을 한다.

18. 성공할 사람은 타협해야 할 것과 싸울 것을 안다. 그러나 실패할 사람은 타협해야 될 것과 싸우며, 싸워야 될 것을 가지고

타협한다.

19. 성공할 사람은 자신의 잘못도 솔직히 시인한다. 그것도 인생의 일부분인 것을 알기 때문이다. 그러나 실패할 사람은 자신의 단점이 노출될까 봐 두려워 전전긍긍하는 데 에너지를 소모한다.

20. 성공할 사람은 자기가 걸려 넘어진 돌을 디딤돌로 삼아 다시 일어난다. 그러나 실패할 사람은 걸려 넘어질 돌이 또 있을까 봐 그 자리에 앉아서 일어나려고 하지 않는다.

21. 성공할 사람은 사실을 사실대로 솔직하게 말을 한다. 그러나 실패할 사람은 후유증이 두려워 금방 탄로 날 거짓말도 떡 먹듯이 한다.

22. 성공할 사람은 사람이 지켜야 할 예절과 법도를 안다. 그러나 실패할 사람은 에티켓이 밥 먹여 주느냐고 제멋대로 행동한다.

23. 성공할 사람은 내실에 힘쓰는데, 실패할 사람은 겉치장에 더욱 신경을 쓴다.

24. 성공할 사람은 밝은 얼굴과 여유 있는 표정을 보인다. 그러나

실패할 사람은 항상 불안하며 표정이 어둡다.

25. 성공할 사람은 일과 시간을 쫓아가며 만드는 사람이다. 그러나 실패할 사람은 일에 쫓기고 시간에 쫓기는 도망자다.

26. 성공할 사람은 큰 욕망을 가지고 행동하고, 실패할 사람은 작은 욕심에 집착한다.

27. 성공할 사람은 어떤 일이든 다각도로 관찰하고, 실패할 사람은 한 면만을 보고 그것이 전부라고 착각한다.

28. 성공할 사람의 목표는 '일'인데, 실패할 사람의 목표는 '돈'이다. 일을 목표로 했을 때 돈은 자연스럽게 들어오지만 돈만을 목표로 했을 때는 눈 먼 돈이 아닌 이상 마구 따라오지는 않을 것이다.

(『화합의 지혜』 이상헌, 오늘의 책)

3
예절 교육,
이 정도는 필요하다

인간 교육은 가정에서

손윗사람에게 겸손하고
동등한 사람에게는 예절바르며
아랫사람에게는 고결해야 한다.
- 프랭클린 -

"출입문에서 두 사람이 마주쳤을 때 연장자를 먼저 가게 하고 연하자가 그 다음에 가는 경우가 얼마나 될까요?"

교육계에 오랫동안 몸 담아온 아버지는 학생들과 함께 생활하면서 그런 경우에 어른을 먼저 가게 하는 경우는 드물다는 것을 알고 있었습니다. 학생들에게 '출입문 예절'에 관해서 질문하였더니 대부분은 알고 있었으나 자기 위주로 생활하다 보니 실천에 옮기지 못하였다고 하였습니다. 아버지는 바른 예절 생활이 저절로 이루어지는 것이 아니기 때문에 예절의 근본 정신과 기본 예절을 가르쳐 주고 그때그때 잘못된 것을 지적해 주어야 한다고 생각하였습니다.

"기계와 기계가 맞물려 돌아갈 때에는 윤활유가 필요한 것과 같이 사람과 사람이 생활하는 데에도 예절이 필요하다."는 말은 예절의 중요성을 잘 말해 주고 있습니다. 그러나 그렇게 중요한 예절이 요즈음 잘 지켜지지 않고 있는 이유는 무엇일까요?

8 · 15 해방 이후 서구의 물질주의 문화가 쏟아져 들어왔고, 더욱이 6 · 25 이후 의식주 해결과 입시 위주의 교육 때문에 예절은 뒷전으로 물러나 자식은 물론 부모도 예절에 관심이 없어졌기 때문입니다.

옛날의 대가족제도 하에서는 자연스럽게 가정 교육이 이루어졌지만 오늘날 핵가족제도 하에서는 부모의 계획적인 가정 교육이 필요한데 부모 자신도 예절을 모르고, 바쁘기 때문에 아이들은 혼자 있는 시간이 많습니다. 또 혼자 있는 시간을 TV와 오락실, 만화와 접하게 되는 것은 어쩔 수 없는 현실로, 이렇게 자란 아이들은 매우 이기적이고 독선적으로 성장할 우려가 많습니다.

오늘날, 자식이 부모의 멱살을 잡고, 제자가 스승을 구타하는 예는 낯설지 않은 일로 예절은 땅에 떨어졌고, 자신을 위해서는 다른 사람들은 안중에도 없으며, 돈과 권력을 위해서는 수단과 방법을 가리지 않는 것이 오늘의 세태입니다. 더 늦기 전에 바른 가정 교육이 있어야 한다고 생각하였습니다.

예절 교육

다음에는 프랑스의 가정 교육에 대하여 이지영 박사의 이야기를 살펴보겠습니다. (부모가 하는 예절 교육에서)

프랑스 사람들은 자녀를 양육하는데 몇 가지 기본 원칙이 있습니다.

첫째, 해야 할 것과 하지 말아야 할 것을 분명히 가르칩니다.

요즘 식사 문화나 식당에서의 모습을 보면 참으로 걱정스러운 모습이 많이 보입니다. 가족들과 함께 식사하면서 TV를 보는 데 집중하기도 하고, 어른이 식사가 다 끝나지 않았는데 중간에 벌떡 일어나 자리를 뜬다든가, 식당에서 식사 도중에 자리에서 일어나 여기저기 다니는가 하면 다른 사람에게 피해가 가는 것도 생각하지 않고 버릇없는 행동들을 하곤 합니다.

그러나 프랑스 아이들은 식사를 하며 TV를 시청하는 모습은 찾아보기 어렵습니다. 또한 자신의 식사가 끝났다 해도 어른들의 식사가 끝나지 않았을 때는 식탁을 마음대로 떠날 수 없으며 부득이한 경우에만 부모의 허락을 얻어 식탁을 떠날 수 있습니다.

프랑스의 부모들은 식사 시간만이라도 부모와 자녀가 대화할 수 있는 시간을 가져야 한다는 것과 이 시간을 통해 자녀들의 인내심을 키울 수 있다고 생각합니다.

둘째, 자녀를 가르치기 위해 칭찬과 보상에만 의존하지 않고 처벌도 아끼지 않습니다.

감정적인 처벌은 삼가야 하지만 옳고 그름을 가르치는 데는 분명하고 확실하게 잘못을 지적해 주어야 한다고 생각하고 있습니다. 잘 한 일이 있을 때는 그에 맞는 칭찬과 보상을 해주어야 하고, 잘못을 했을 때에는 그것을 고칠 수 있는 처벌이 주어져야 합니다. 다만 감정적인 처벌은 절대 긍정적인 효과보다 부정적인 결과만 가져오기 때문에 절대 감정적인 처벌을 해서는 안 됩니다.

예전과 달리 한 명의 자녀를 둔 가정이 늘다보니 지나치게 허용하거나 지나치게 과보호하는 양육 방법이 늘고 있습니다. 이런 현실에 대해서는 한번 반성해 보아야 합니다.

셋째, 어려운 상황을 극복할 수 있도록 지구력을 기릅니다.

어린 영아라 하더라도 자기의 욕구 충족이 지연될 때 기다릴 줄 알아야 하며, 젖은 기저귀로 인한 불쾌감을 느껴보아야 기저귀를 갈아 주었을 때의 쾌적함을 더 잘 알 수 있다고 프랑스 사람들은 주장합니다.

넷째, 가능한 한 독립적으로 행동하고 생각하도록 가르칩니다.

프랑스 사람들의 자녀 양육 방법은 독립적으로 생각하며 행동하도록 권장하면서 할 수 있는 것과 할 수 없는 것을 명확하게 일러 주고 일찍부터 지구력을 키울 수 있는 기회를 많이 제공합니다. 그러나 자녀들의 행동이 바람직하지 못하면 엄격한 처벌도 아끼지 않습니다.

이러한 양육 방식은 도덕 교육에도 영향을 주어 사회 생활을 하면서 철저히 타인의 생활에 개입하려 하지 않고 자신의 생활에도 타인이 개입되는 것을 원하지 않습니다. 그러나 이들은 자신의 능력이나 위치를 잘 알고 있으므로 자신보다 능력이 뛰어난 사람을 만났을 때는 쉽게 승복합니다.

이러한 태도는 위계 질서를 잘 지키도록 허용해 주므로 프랑스 사회는 변화 지향적이라기보다 안정 지향적이라고 말할 수 있습니다.

우리 나라는 교육열이 지나치게 높다 보니 공부를 잘 해야 성공하는 것으로 생각하는 경향이 강하고, 예절 법도는 그다지 중요시하지 않고 있습니다. 사람이 살아가면서 지켜야 할 예절 법도는 선택의 문제가 아니라 사람답게 살아가는 데 필요한 공기 같은 것입니다. 아무리 공부를 잘 해서 사회적으로 성공했다 하더라도 인간성이 결여된 사람은 언젠가는 이 사회에 나쁜 영향을 끼치게 됩니다.

예절 교육이 기본적으로 이루어져야만 인간답게 살 수 있습니다.

이런 예절 교육은 학교에서만 이루어지는 것이 아닙니다. 인간으로서 기본적인 예절 교육은 가정에서 일상적인 생활 속에서 자연스럽게 이루어져야 합니다.

등한시되어 온 예절 교육은 늦기 전에 체계적인 가정 지도가 이루어져야 한다. 바른 예절 교육이 저절로 이루어지길 바란다면 그것은 욕심에 불과하다.

우리는 인사를 잘 하는 아이를 보고 "그 애는 됐어." 하고 모든 것을 믿어버리는 경향이 있다.

바른 예절을 실천하는 사람은 바른 인간성과 인격을 갖춘 사람으로 성장하게 된다. 작은 일들이 쌓여 습관이 되고 이것들이 쌓이면 인격의 수준이 아주 높을 것이다. 작은 행동이라도 관심을 가지고 하나하나 지도하여 예절 바른 사람을 만들어보자.

지나치게 허용적인 양육 방법이나 지나치게 과보호적인 방법이 과연 좋은 교육 방법일까?

해야 할 것과 하지 말아야 할 것을 명확히 가르치고 지구력과 독립심을 길러 주며 한석봉의 어머니와 같은 냉철함과 너그러운 사랑을 베푸는 부모가 현명한 부모일 것이다.

'예절 교육, 이 정도는 필요하다'의 단원에서는 홍남석의 「현대인의 생활 예절」, 현대미디어의 「직장인의 예절」, 장수용의 「직장 예절 이것이 기본이다」, 염규윤의 「직장 예절」, 제철학원의 「바른 가정 교육」, 조선일보 연재 「우리말을 바로고 아름답게」를 참고하였음.

1

기본 생활

우리의 자화상

- 가꾸어 가고 싶은 모습 -

① 항상 웃는 얼굴로 이야기 하는 밝은 모습

② 시간과 약속을 지키려고 노력하는 성실한 모습

③ 상대방의 말을 지키려고 노력하는 성실한 모습

④ 매사를 긍정적으로 생각하는 생활 태도

⑤ 용모가 단정한 깔끔한 모습

⑥ 남의 물건이나 공공물품을 자기 것처럼 아껴 쓰는 알뜰한 모습

⑦ 승강기 탑승할 때 다른 사람의 층도 눌러주는 배려하는 모습

⑧ 동료의 애경사에 관심을 보이는 정있는 모습

⑨ 자신의 의견을 진솔하게 밝히는 용기 있는 모습

⑩ 적극적으로 업무를 추진하는 열정적인 모습

⑪ 건전한 비판을 적극적으로 받아들이는 겸허한 모습

⑫ 부하 직원 아껴주는 애정어린 모습

⑬ 맡은 바 책임을 다하는 책임 있는 모습

아름다운 모습은 자신의 인격입니다.

바른 몸가짐

바른 예의 범절은 바른 몸가짐에서 나옵니다. 우리는 몸가짐으로 그 사람 모두를 평가하는 경우를 볼 수 있는데, 바른 몸가짐은 하루 아침에 이루어지는 것이 아닙니다.

"영수야, 출입문에서 선생님과 마주쳤던 일이 있지? 그때 우리 영수는 어떻게 했지?"

영수는 "무심코 선생님보다 먼저 통과했습니다."라고 대답하였습니다.

"영수야, 어른과 마주쳤을 때에는 어른이 먼저 가시도록 하는 게 도리야. 다른 사람과 조금 부딪쳤을 때에도 꼭 죄송하다고 사과하는 거야."

아는 것보다 실천하는 것이 더 어려움을 일러 주었습니다.

"영수야, 세상에서 제일 아름다운 말은 무엇일까?"

"글쎄요."

아버지는 '고·미·안'이라 가르쳐 주었습니다.

"고·미·안이 무엇이죠?"

남에게 도움을 받았을 때 '고맙습니다'라는 인사와 폐를 끼쳤을 때에는 '미안합니다', 서로 만났을 때에는 '안녕하십니까?'라고 인사하는 것은 우리 사회를 밝고 명랑하게 만들 것이라고 일러 주었습니다.

"평상시에 사람을 대할 때는 어떻게 대하는 것이 좋지?"라는 질문에 우리 집 가훈대로 부드럽고 온화하며 상냥한 밝은 표정을 짓는 것이 좋다고 대답하였습니다.

"그래, 부드럽고 온화한 표정을 지으면 상대방이 편안한 마음으로 너를 대하게 되겠지."

영수 아버지는 바른 몸가짐에 대해서 몇 가지 더 말씀하였습니다. 눈은 항상 상대방을 부드럽게 쳐다보아야 하고, 다른 사람의 이야기를 들으면서 한눈을 팔면 관심이 없는 것처럼 보여 결례가 되는데, 평소 영수와의 대화 중에 못 지키는 것을 자주 보아 왔다고 충고하였습니다. 어른들 앞에 앉을 때에는 공손히 꿇어앉고, "편히 앉으라."고 하시면 편한 자세로 바로 앉는 것이 예의이며, 어른에게 물건을 드릴 때는 받는 사람 편에 손잡이 쪽이 향하게 공손히 드리도록 일러주었습니다.

계단을 오를 때에는 남자가 먼저 오르고, 내려갈 때에는 여자가 먼저 내려가는 것이며, 문을 열고 닫을 때에는 소리가 나지 않도록 조심하고, 문지방을 밟거나 잠옷을 입고 문 밖 출입을 하는 것은 예의 없는 행동이라고 하였습니다.

절약하는 검소한 생활

"세 살 버릇 여든까지 간다"는 속담이 있습니다. 이 말은 한번 버릇이 들면 고치기 힘들기 때문에 배우고 익힐 때 바른 습관을 형성하도록 강조한 말입니다. 어릴 때 형성해야 할 생활 습관 중에 가장 중요한 것은 근면 · 검소 · 절약하는 생활 태도입니다. 게으르고 사치와 허영 낭비가 있는 곳에 결코 밝은 미래는 기대하기 어렵기 때문입니다.

"분수에 맞게 생활하고, 국산품을 애용하지" 하시며 아버지는 좀 어색해 하였습니다. 가끔 피우는 양담배 생각이 떠올랐기 때문입니다. 자녀 교육을 위해서는 부모가 모범이 되어야 한다는 것을 새삼 느끼면서 이야기를 계속하였습니다.

"영수야, 학생에게 맞는 검소하고 절약하는 생활은 어떤 것이 있을까?"

"용돈을 아껴쓰고 저축하는 습관을 길러야 합니다."

"넌 저축액이 얼마나 되지?"

"12만 원쯤 됩니다."

"많이 했구나."

돈이 많아도 낭비하지 않고 검소하게 산다는 것은 미덕이며, 검소한 성품은 모든 이웃과 사회에 임하는 사람들이 지녀야 할 중요한 덕목임을 영수에게 인식시켰습니다.

하루 생활의 바른 습관

습관이란 한번 들면 고치기 어렵기 때문에 나쁜 습관은 빨리 버리고, 좋은 습관을 많이 길러주기 위하여 다음과 같은 내용을 영수와 이야기 하였습니다.

- 아침에 스스로 일어나는 습관과 정해진 시각에 일어나 이불을 개고 잠옷을 벗어 정돈하며 가족에게 아침 인사를 한다.
- 기상 후 곧 용변을 보는 습관을 갖는다.
- 아침 운동과 청소를 한다.

- 바른 식사 예절 습관을 갖는다.
- 식사 후 반드시 이를 닦는다.
- 집을 나갈 때나 귀가할 때에 인사를 꼭 드리고, 나가는 이유와 귀가 보고를 한다.
- 가정 학습은 스스로 하며 책상에서 공부한다.
- 자기 전에 일기를 써 하루를 반성하고 정리한다.
- 잠자기 2시간 전에는 음식을 먹지 않는다.
- 잠잘 때에는 방을 완전히 어둡게 한다.
- 베개의 높이는 6~8cm가 적당하다.
- "웃는 낯에 침 못 뱉는다."는 속담을 생각하고 항상 밝게 웃도록 한다.
- 겸손한 태도를 갖는다. 즉, 자기를 낮추고 상대편을 높이려는 아름다운 마음을 갖는다.(죄송합니다. 미안합니다. 실례했습니다 등을 적절히 사용)

"곡식은 익을수록 고개를 숙인다."는 속담처럼 항상 겸손한 마음을 잊지 말 것을 당부하였습니다.

2
가족·친족과
호칭

가족 사이의 예절

　　가정은 인간이 만든 제도 중에 가장 잘된 것이며, 가장 기본적인 사회로서 인간이 휴식하는 장소이며, 휴식을 통해 재충전할 수 있는 곳이고, 인격 형성의 가장 기본적인 장입니다. 부모는 자녀를 사랑하고, 자녀는 부모에게 효도하며 형제 자매 간에 우애가 있을 때 가정은 화목하고 단란한 분위기를 가지게 됩니다. 가족들 사이에서 사랑을 배우고, 이를 바탕으로 사회에 나가 남에게 베풀 줄 아는 사람으로 성장하는 것입니다.

　　가족들이 제 몫의 역할을 다하지 못하고 서로 불신하고 시기하

고 미워하게 되면 아이들의 인성이나 행동에 나쁜 영향을 미치게
되고 가정에서 그치는 것이 아니라 사회에 나가서도 적응하지 못
하고 비뚤어진 사회 생활을 하게 될 것입니다.

그렇다면 화목한 가정을 만들기 위해 어떤 것들을 지키면 될까
요.

- 부모님께 경어를 사용한다.
- 부모님께 아침 저녁으로 문안 인사를 드린다. (안녕히 주무셨어요?
  안녕히 주무세요. 이러한 작은 마음이 효심이며, 이것을 행동으로 옮기면 효
  행이다.)
- 부모님의 뜻을 존중한다.
- 부모님의 말씀이 자신의 생각과 다를 때 불손한 태도로 말씀드
  리기보다는 공손하며 부드럽게 말씀드린다.
- 자신의 일을 결정할 때에 부모님과 상의한다.
- 부모님께서 부르시면 즉시 대답하고, 하던 일을 멈추고 부르신
  용건을 귀 기울여 듣는다.
- 외출할 때에는 미리 말씀드려 승낙을 얻어야 하고, 다녀와서는
  반드시 결과를 말씀드린다.
- 형제 자매 사이에는 서로 사랑하고 아껴준다.
- 자기 할 일을 스스로 찾아 한다.
- 심한 노출을 삼가 한다.
- 가족들의 몸을 넘어 다니는 일이 없도록 한다.

- 가족간에 일할 때는 서로 방해해서는 안 된다.
- 부모님도 자녀에게 약속한 사항을 꼭 지킨다.
- 자녀의 뜻이 부모님과 다를 때에는 자녀의 의견에 귀 기울여 들은 후 판단한다.
- 남의 자녀를 지나치게 칭찬하여 내 자식에게 열등감을 주지 않는다.(비교하지 않는다.)
- 자녀에게 너무 간섭하거나, 방관하지 않는다.

친척 사이의 예절

　핵가족화가 급격하게 진행되면서 대가족 형태로 사는 경우는 찾아보기 힘들어졌습니다. 명절이나 되어야 친척집에 오고 갈 뿐 평소에는 친척들이 모이는 경우가 드문 시대에 살고 있습니다.

　급속도로 핵가족화되면서 함께하는 세상보다 자기 중심으로 살아가는 경향이 심해지고 있습니다.

　"영수야, 친척들이 우리 집에 놀러 오지 않아 섭섭하지?"

　"아니오. 별로 느껴본 적이 없습니다."

　많은 사람들이 친척들이 오고 가는 것을 귀찮아하고 식구들끼리 지내는 것의 편안함에 익숙해지고 있습니다. 친척들 때문에 신경 쓰느니 오히려 식구끼리 사는 것이 좋다고 생각합니다. 혈연으로 맺어진 친척이 서로 돕고 의지하며 살아가는 전통적인 미덕을 영수는 몰랐습니다.

"영수야, 어머니가 ○○병원에 입원하여 대수술을 받았을 때 친척들이 와서 걱정해 주는 것을 보았지?"

"그때는 친척들이 고맙고, 왠지 마음 든든하던데요."

"그래 친척들은 어려울 때 서로 도와주고 기쁜 일과 슬픈 일을 함께 나누는 가장 가까운 사이란다."

아버지는 평소에 친척끼리 자주 오가며 정을 두텁게 하는 것은 바람직하며, 또한 이는 우리 조상 전래의 예절이라는 점을 깨우쳐 주면서 친척 사이의 개념과 의미를 설명해 주었습니다.

일가친척이란 일가·친당·척당을 합하여 말하는 것인데, 성씨와 본관이 같은 모든 사람들과 그들 배우자를 '일가'라 합니다.

"영수야. 동성동본을 만났을 때 무엇이라고 하지?"

"종씨라고 하지요."

"종씨라고 하는 것보다 일가분을 만났다고 하는 게 옳단다."

8촌 이내의 일가친척과 그들의 배우자를 '친당' 또는 '당내간'이라고 하며, 9촌이 넘는 일가간을 '족당'이라고 합니다. 외척과 인척을 합하여 '척당'이라고 하고, 4촌 이내의 모계혈족(외사촌 이내)을 '외척'이라는 것을 설명해 주었습니다.

"영수야, 인척이란 무엇이지?"

"인척요? 잘 모르겠는데요."

"인척이란 배우자의 척당, 즉 아내와 아내의 부모를 말하는 것이란다."

"그러면 아버지 처조카나 처남은 인척이 아닌가요?"

"그래, 처조카나 처남은 인척이 아니란다."

영수는 가장 가깝게 지내는 외삼촌과 외사촌이 일가친척이 아니란 것에 대하여 의아하게 생각하였습니다.

다음에는 기타 친척간의 호칭에 대해서 대부분의 사람들이 어려워하는데 쉽게 설명해 주었습니다.

자기의 직계존속과 8촌이 넘는 할아버지와 할머니를 대부(大父), 대모(大母)라 하고 그 반대되는 쪽을 족손(族孫)이라는 것을 가르쳐주었습니다.

촌수 계산법

　어느 날 아버지의 사촌형이 결혼식에 참석했다가 영수네 집에 들렀습니다. 영수는 아저씨에게 절을 하고 나서 자기와는 촌수가 어떻게 되느냐고 여쭈어 보았습니다.

　"영수야, 너에게는 촌수로 5촌이 되고, 당숙(종숙)이라 하며 네가 부를 때는 당숙어른 아저씨라고 하면 된단다. 반대로 당숙어른이 너를 당질이라고 하며, 부를 때는 당질조카라고 하는 거야. 나와는 4촌 종형제가 되는 분이다."

　"아, 그렇구나. 촌수는 참 복잡하네요."

"그리 어렵지만도 않단다. 영수야, 촌수를 계산할 줄 아니?"

"배우기는 했지만 잘 모르겠습니다. 설명 좀 해주세요."

촌수 따지는 법에 대해 관심을 갖고 있는 모습에 아버지는 기쁜 마음으로 이를 설명해 주었습니다.

"다음의 표를 잘 보아라. 별로 어렵지 않지? 촌수 같은 것은 누구나 다 알아야 할 것으로 말하자면 우리 한국인에게는 필수 교양인 셈이지."

※표 : 촌수 관련 계보(직계 방계 혈족)

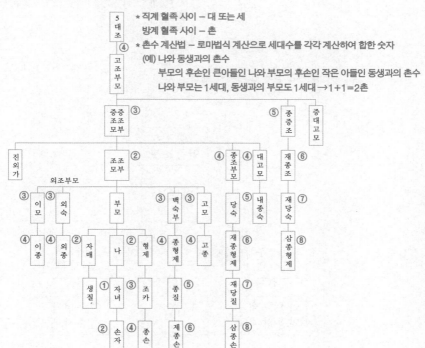

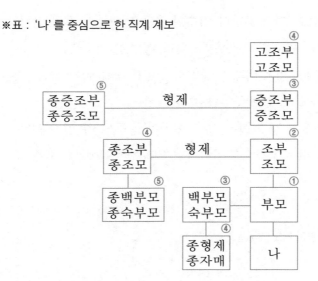

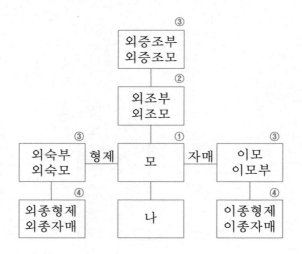

직계 혈족 사이의 촌수를 대(代), 성씨 시조를 1세로 하여 나에게 이르기까지의 단계 수를 세(世)라고 하는데, 세는 자기를 넣어서 계산하고, 대는 자기를 빼고 계산합니다. 예를 들어 40세 손이면 39대 손이 됩니다.

"너는 몇 세손, 몇 대지?"

"44세손, 43대가 됩니다."

언제 알았는지 자신 있게 대답하였습니다.

앞의 표에서 직계 친족 명칭을 살펴보면, 1대는 부모, 2대조는 조부모, 3대조는 증조부모, 4대조는 고조부모, 그 위는 명칭 없이 5대조, 6대조라고 합니다.

촌수 계산법은 로마법식 계산 방법으로 상하 동일 조상에 이르는 세대 수를 각각 계산하여 합한 숫자를 촌수라 합니다. 예를 들면 나와 동생과의 촌수는 부모와 나 1세대, 동생과 부모 1세대 합하여 2촌이 되는 것을 영수 아버지는 요령 있게 설명하였습니다.

아버지는 영수에게 다음과 같은 질문을 하였습니다.

그리고 그 내용을 다음과 같이 표로 만들었습니다.

관계	호칭
할아버지의 할아버지는 누구인가?	고조부
아버지의 할아버지는 누구인가?	증조부
큰(작은)아버지의 아들 딸들은 나에게 몇 촌이며 무엇이라 부르는가?	4촌, 종형제, 종자매
어머니의 오빠나 남동생은 나에게 누구인가?	외삼촌
아버지의 4촌은 나에게 몇 촌이며 호칭은?	5촌, 당숙(종숙부)
아버지의 누님이나 누이동생은 나에게 누구인가?	고모
고모의 아들 딸은 ( ), 즉 내종 형제 자매, 반대로 고종이 나를 볼 때 무엇인가?	고종, 외종
선조 때부터 장손으로 계승되어 오는 자손을 ( ), 그 집안을 ( )라 한다.	종손, 종가
나의 할아버지의 누님이나 누이동생은 누구인가?	대고모
어머니의 아버지는 누구인가?	외할아버지
아버지의 6촌은 나에게 몇 촌이며 호칭은?	7촌, 재당숙
아버지의 4촌 자매는 나에게 누구인가?	당고모, 종고모
할아버지의 자매(아버지의 고모)는 나에게 누구인가?	대고모

부모, 백숙부, 숙질 사이의 호칭

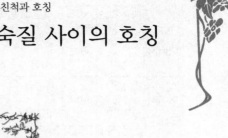

"아버님, 식사하셔요."

영수는 아버지를 높여 부르려고 아버님이라고 하였습니다.

"영수야, 부모에 대한 칭호는 아버지 · 어머니라고 칭하는 것이
원칙이지만, 남에게 자기 부모를 칭할 때에는 '님' 자를 사용하기
도 한단다."

부모의 칭호를 정리해 보면 다음과 같습니다.

■ 부모의 칭호

	다른 칭호	사후	작고 후 남에게 말할 때		남이— 부모를 부를 때	
아버지	가친 엄친	현고	선친 선고	돌아가신 저의 아버지	춘부장 대인	자네 아버님 (친구나 손아래)
어머니	모친 자친	현비	선자친 선모친	돌아가신 저의 어머니	자당님 대부인	자네 어머님 (친구나 손아래)

"영수야, 아버지의 친형제에서 손위 형을 무엇이라고 하느냐?
"큰아버지 또는 백부라고 합니다."
손아래 동생이면 '숙부, 작은아버지'라고 하며, 결혼 전에는 삼촌이라고 하는데, 공경어를 사용하지 않아도 되며, 백부의 처를 백모 또는 큰어머니라 하고, 백숙부는 나를 조카라고 합니다.

■ 숙질(아저씨와 조카) 사이의 호칭(지칭어)

구분 상황	호칭어	자칭어		
		화자의 자식에게	당사자의 자식에게	타인에게
아버지의 형	큰아버지	○○큰할아버지 종조할아버지 종조부 ○○할아버지	큰아버지 아버지	큰아버지 백부 (맏형만) 증부
아버지의 형의 아내	큰어머니	○○큰할머니 종조할머니 종조모 ○○할머니	큰어머니 어머니(엄마)	큰어머니 백모

아버지의 남동생	미혼-삼촌 아저씨 기혼-작은 아버지	○○작은할아버지 (작은)종조할아버지 (작은)종조부 ○○할아버지	작은아버지 아버지	미혼-삼촌, 아저씨 기혼-작은아버지 숙부
아버지의 동생의 아내	작은어머니	○○작은할머니 (작은)종조할머니 (작은)종조모 ○○할머니	작은어머니 어머니(엄마)	작은어머니 숙모
아버지의 누이	고모, 아주머니	대고모 왕고모 (고모할머니) (○○할머니)	숙모 어머니	고모
아버지의 누이의 배우자	고모부, 아저씨	대고모부 왕고모부 (고모할아버지) (○○할아버지)	고모부 아버지	고모부 고숙
어머니의 남자형제	외삼촌, 아저씨	진외할아버지 진외증조부 ○○할아버지	외삼촌 외숙 아버지	외삼촌 외숙
어머니의 남자형제의 배우자	외숙모, 큰아버지	진외할머니 ○○할머니	외숙모 어머니(엄마)	외숙모
어머니의 자매	이모, 아주머니	이모할머니 ○○할머니	이모(님) 어머니(엄마)	이모(님)
어머니의 자매의 배우자	이모부, 아저씨	이모할아버지 ○○할아버지	이모부(님) 아버지	이모부, 이숙

구분/호칭		남자 조카	조카의 아내	여자 조카	조카사위
호칭어		미성년-이름 성년-조카, ○○아범,○○아비	아가, 새아가, ○○어멈,○○어미, 어미, 질녀, 생질부	미성년-이름 성년-조카, ○○어멈,○○어미	○서방,○○아비, ○○아범
지칭어 / 타인에게	친조카	조카	조카며느리, 질부	조카딸, 질녀	조카사위, 질서
	누이의 자식	생질	생질부	생질녀	생질서

2. 가족 친척과 호칭

부부 사이의 예절

핵가족화 시대에 가정의 중심은 부부이며, 부부의 화목은 아이들에게 큰 영향을 줍니다. 그런 점에서 부부 사이의 예절도 매우 중요하므로 영수와 함께 부부 사이의 예절에 관해서 이야기해 주기로 하였습니다.

부부 사이에는 항렬이 같기 때문에 "저예요."라고 하지 않고, "나예요."라고 하는데,

"영수야, 너의 어머니가 나에게 '저'라고 하는 것을 들었지?"

"예."

"영수야, 네가 어머니에게 이야기해 주렴."
하고 영수에게 예절에 대해 관심을 갖도록 이야기해 주었습니다.

　남 앞에서 남편이 아내를 부를 때에 친구나 같은 나이 또래 사이에는 '내 아내', '내 처', '안 사람', '안 식구' 등으로 호칭하고, 윗사람에게 아내를 호칭할 때에는 '제 처', '제 아내', '집 사람' 등으로 부르며, 아랫사람에게는 "우리 집 사람일세."라고 하는 게 무난합니다.

　그런데 요즘 젊은 부부들은 남편을 오빠라고 부르는 것을 자주 봅니다.
　연속극에서도 남편을 오빠라고 부르는 것을 자주 보았습니다.
　오빠(남편을 오빠라 함)와 함께 사는 여자들을 볼 때 '참 잘못 되었구나' 라는 생각을 합니다.

　남 앞에서 아내가 남편을 호칭할 때에 윗사람 앞에서는 '그 사람', '그이', '저의 남편' 이라 부르고, 친구나 같은 나이 또래 사이에는 '그 이', '내 남편', '나의 남편' 이라 부르고, 아랫사람에게는 '그 어른' 이라고 부르며, 친구 남편을 부를 때에는 '○○아버지' 가 무난하고, 친한 경우 '○○씨' 가 좋다고 설명하였습니다.

　부부 사이에 서로 지켜야 할 예절은 다음과 같습니다.

221

■ 남편이 아내에게

• 아내에게는 항상 배려를 하여 사랑으로 포근히 감싸준다.
• 아내의 생일, 결혼기념일 등을 반드시 기억하고 챙겨 준다.
• 아내가 하는 일에 관심을 갖고, 조언자 내지 협조자가 된다.
• 아내의 옷차림과 외모에 관심을 갖는다. 남편은 아내의 사랑스
  러움을 가꾸는 정원사이다.
• 아내가 만드는 음식에 대해 말이나 행동으로 고마움을 나타
  낸다.
• 모든 일은 아내와 의논하고 결정하는 습관을 갖는다.
• 아내의 마음에 상처를 주는 농담이나 행동(다른 여자와 비교, 처가
  의 나쁜 점)을 하지 않는다.
• 아내의 개성과 취미를 존중한다.

■ 아내가 남편에게

• 남편의 직장과 하는 일에 긍지를 갖도록 한다.
• 남편의 건강에 관심을 갖고 건강을 관리한다.
• 남편과 헤어질 때는 항상 밝은 표정과 명랑한 말씨로 인사한다.
• 하루에 두 번 이상 남편의 좋은 점을 칭찬한다.
• 특별한 이유가 없는 한 남편이 들어오기 전에는 잠자리에 들지

않는다.

■ 친구의 남편을 부를 때

• '○○선생님'이 무난하다. 가깝게 지내는 경우에는 '○○○ 씨'로 부르는 것도 무방하다.

■ 친구의 부인을 부를 때

허물없는 경우에는 '○○어머니'로, 나이가 들고 사회적인 지위를 생각할 경우 '○여사', '○선생'도 무난하다.

■ 자식의 친구를 부를 때

20세 미만이면 반말로 부르면 된다. 자식의 친구는 나의 자식과 마찬가지이므로 반말이 이상한 것이 아니라 아주 자연스럽다.

대학생 이상일 때에는 반경어(반말높임)가 바람직하고 어른이 된 아들 친구에게는 그 친숙도가 가장 중요한 요인이고, 다음으로 나이와 장소에 따라 다르다.

■ 친구의 자식을 부를 때

친구의 자식인 경우에는 나의 자식과 마찬가지이므로 애정을 갖고 대해야 한다. 어린 아이들인 경우에는 당연히 "○○야."라고 부르면 된다.

그러나 어른이 된 경우에는 사회적 지위를 생각해서 부르면 된다. 30대에게는 사회에서는 이름 대신 직함을 부르고, 가정에서는 '○○아빠'가 무난하다. 아주 친한 친구의 아들인 경우 사석에서는 나이에 관계없이 이름을 부르고 반말을 해도 좋지만, 직장 등 공식적인 자리에서는 직함을 불러주고 반경어체를 사용하는 것이 바람직하다.

형제 자매와 그 배우자를 부를 때

"영수야, 형우제공이란 말이 무슨 뜻인지 아니?"

"형우제공이요? 글쎄요, 잘 모르겠습니다."

한글의 우수성은 차치하고 신문 등 우리가 일상적으로 사용하는 단어들은 한문으로 이루어져 있습니다. 한자어에 관심을 가지면 신문을 볼 때도 도움이 뿐만 아니라 일상 생활에도 많은 도움이 됩니다.

"형은 아우에게 사랑으로써 대하고, 동생은 형에게 공손하게 대해야 된다는 뜻이야."

형제 자매 사이에 가장 중요한 덕목임을 강조하였습니다.

그리고 4촌 형제도 친형제와 같이 가깝게 지내도록 부탁하였습니다.

"나이가 많은 형에게 동생은 존칭어를 쓰는 걸까?"

"물론이지요."

영수는 서슴지 않고 대답하였습니다.

"영수야, 호칭에는 존칭어, 대칭어, 비칭어가 있는데, 윗사람에게는 존칭어를, 같은 나이 또래 사이에는 대칭어를, 아랫사람에게는 비칭어를 사용하는데, 형제들끼리는 같은 항렬이기 때문에 대칭어를 사용하는 것이 맞지 않을까?"

"그럴 것 같네요."

잘 알지 못하는 영수는 이랬다저랬다 하였습니다.

"영수야, 형제 사이에는 나이 차이가 크더라도 동생은 형에게 '저'라는 비칭어를 사용하지 않는단다. 형은 동생에게 '해라'라는 말을 사용하지 않는 게 원칙이야. 단 맏형에게는 반부모 대접하여 '나+합니다'라는 대접말을 사용하기도 하지만 원칙은 그게 아니란다."

형을 부를 때 '형님', '형'이라 하고, 아우에게는 '동생' 등으로 부르며, 오빠나 남동생의 아내는 '올케'라고 하는데 '새 언니' 또는 '언니'라고 부르며, 동생의 아내에게는 '자네', '새댁' 등으로 부르나, 동생의 아내는 남편의 누나에게 각별히 '저'라고 하는 것이 원칙임을 강조하였습니다.

 "영수야, 4촌 누나 남편을 무엇이라고 부르지?"
 "매형이라고 하지요."
 "그래, '매부' 또는 '매형'이라고 하지. 또 누이동생의 남편을
'매부'라 하고, 출가한 자매에게서 낳은 자녀를 '생질', '생질녀'
라고 부른단다."

 형의 아내를 '형수님', '아주머님', 형수는 나를 '시동생'이라
하며, 총각일 때에는 '도련님'으로 부르고 결혼 후에는 '삼촌'이
라 하지 않고 '서방님'으로 부르는 것이 원칙입니다. 또한 동생의
처를 '제수'나 '제수씨'라 부르며, 제수는 남편의 형을 '아주버
님'이라 부르고, 시형과 제수 사이는 서로 어려운 사이로 맞존대
어를 사용하며 반드시 '저'라는 말을 사용하는 것이 좋습니다.

 시아주버니나 시동생의 아내, 또는 처형이나 처제의 남편을 동
서(同壻)라고 하는데, 여자들의 경우를 살펴보겠습니다.

 같은 집안의 며느리인 동서들은 자기 나이와는 관계없이 남편
을 중심으로 하는 것이 원칙으로 하고 자기보다 손위 동서를 '형
님', 손아래 동서를 '동서', '자네', 갓 시집온 동서에게는 '새댁'
이라는 호칭이 좋으며, 미혼인 시누이는 '작은아씨'라 부릅니다.

위에 정리된 호칭은 인정되나 공인된 것이 아니기 때문에 다를 수도 있습니다. 다음은 조선일보사 문화부와 국어 연구원 공동 작업으로 나온 것인데 참고해 주기 바랍니다.

■ 동기와 그 배우자의 호칭, 지칭어

■ 남자의 경우

상황/관계		형	형의 아내
호칭어		형, 형님	아주머님, 형수님
지칭어	당사자에게	형, 형님	아주머님, 형수님
	부모에게	형	아주머니, 형수
	동기, 처가쪽 사람에게	형, 형님	아주머니(님), 형수(님)
	자식에게	큰아버지(님)	큰어머니(님)
	타인에게	형, 형님	형수님○○큰어머니

상황/관계		남동생	남동생의 아내
호칭어		○○(이름), 아우, 동생	제수씨, 계수씨
지칭어	부모, 동기, 타인에게	○○(이름), 아우, 동생	제수(씨), 계수(씨)
	처가쪽 사람에게	아우, 동생, ○○삼촌 (○○작은아버지)	제수(씨), 계수(씨)
	자식에게	삼촌, 작은아버지 (님)(작은아버님)	작은어머님(님), 숙모(님)

상황/관계		누나	누나의 남편
호칭어		누나, 누님	매부, 매형
지 칭 어	부모에게	누나	매부, 매형
	동기 및 처가쪽 사람 타인에게	누나, 누님	매부, 매형
	자식에게	고모(님)	고모부(님)

상황/관계		여동생	여동생의 남편
호칭어		○○(이름), 동생, ○○어머니(엄마)	매부, ○서방
지 칭 어	부모에게	○○(이름)	매부, ○서방
	동기에게	○○(이름), 동생	매부, ○서방
	처가쪽 사람에게	누이동생	매부
	자식에게	고모(님)	고모부(님)
	타인에게	누이동생	매부, ○서방

■ 여자의 경우

상황/관계		오빠	오빠의 아내
호칭어		오빠, 오라버니(님)	(새)언니
지 칭 어	당사자에게	오빠, 오라버니(님)	(새)언니
	부모에게	오빠, 오라버니	(새)언니, 올케
	동기에게	오빠, 오라버니(님)	(새)언니, 올케
	시댁쪽 사람 및 타인에게	(친정)오빠, (친정)오라버니, ○○외삼촌	새언니, 올케
	자식에게	외삼촌, 외숙	외숙모

상황/관계		남동생	남동생의 아내
호칭어		○○(이름), 동생, ○○아버지(아빠)	올케, ○○어머니(엄마)
지칭어	부모에게	○○(이름), ○○아범, ○○아비	올케, ○○어머니(엄마)
	동기에게	○○(이름), 동생, ○○아버지(아빠)	올케, ○○어머니(엄마)
	시댁쪽 사람에게	친정동생, ○○외삼촌	올케, ○○외숙모
	자식에게	외삼촌, 외숙	외숙모
	타인에게	○○(이름), ○○외삼촌, (친정)동생	올케, ○○어머니(엄마), ○○외숙모

상황/관계		언니	언니의 남편
호칭어		언니	형부
지칭어	당사자에게	언니	형부
	부모에게	언니, ○○이모	형부, ○○이모부
	동기, 처가쪽 사람에게	이모(님)	이모부(님)

상황/관계		여동생	여동생의 남편
호칭어		○○(이름), 동생, ○○어머니(엄마)	○서방(님), ○○아버지(아빠)
지칭어	당사자에게	○○(이름), 동생, ○○어머니(엄마)	○서방(님), ○○아버지(아빠)
	부모에게	○○(이름), ○○어멈, ○○어미	○서방(님), ○○아버지(아빠)
	동기에게	○○(이름), 동생, ○○어머니(엄마)	○서방, ○○아버지(아빠)
	시댁쪽 사람에게	친정여동생, ○○이모	○○이모부, 동생의 남편
	자식에게	이모(님)	이모부(님)

조선일보 연재 「우리 말을 바르고 아름답게」에서

230

처부모와 사위의 호칭

영수에게는 처부모와 사위의 호칭이 어려울 것으로 생각되어 간단히 설명하기로 하였습니다. 외가 관계를 생각하면서 아버지의 설명을 들으면 쉬울 것입니다.

- 처부모를 부르거나 가리킬 때 '장인어른, 장모님' 또는 '아버님, 어머님'이라 부르며, '아버지, 어머니'는 곤란하다.
- 다른 사람의 처부모를 높여 가리킬 때 '빙장어른, 빙모님'이라 칭하며, 자신의 처부모를 부를 때에는 사용하면 안 된다.

- 아내에게 처부모를 가리킬 때, '장인', '장인어른', '아버님', '당신 아버지', '장모님', '어머님', '당신 어머니'로 칭한다. '○○외할아버지', '○○외할머니'는 간접 호칭이므로 권장하지 않는다.
- 친부모나 친척에게 처부모를 가리킬 때, '아버님', '어머님'이라고 해서는 안 되며, '장인', '장모'라 하고, 친부모보다 처부모가 훨씬 나이가 많을 경우에는 '장인어른', '장모님'이라고 할 수도 있으며, '○○외할아버지', '○○외할머니'라 하는 것도 허용된다.
- 아내의 동기와 그 배우자들에게는 '장인어른', '장모님', '아버님', '어머님'으로 부른다.
- 자녀에게 처부모를 부를 때 '외할아버지', '외할머니'로 한다.
- 타인에게 처부모를 소개하거나 부를 때 '장인', '장모'라 하고, 처부모를 높여서 이야기해도 되는 상대라면 '장인어른', '장모님'이라 할 수 있다.
- 처부모가 사위를 부를 때 '○서방', '○○이'라 하고, '○○아'는 곤란하며, '해라'체가 아닌 '하게'체로 한다.
  예를 들어 "박서방, 이것 좀 옮겨라."보다 "박서방, 이것 좀 옮겨주게."라고 해야 한다.
- 처부모가 사위에게 사위를 지칭할 때 '○서방', '자네'라고 한다.
- 딸에게 그 남편인 사위를 부를 때 '○서방'과 이름을 불러 지칭

하며, '네 남편'이라 하지 않는다.

- 장인 장모가 대화하면서 사위를 지칭할 경우 '○서방', '○○' 라 부른다.
- 사위의 부모인 사돈에게 사위를 지칭할 경우 '○서방', '○○' 이라 한다.
- 사위를 아들에게 지칭할 때 '○서방'으로 한다.
- 장인 장모가 사위의 처형이나 처제에게 사위를 지칭할 때 '○서방', '형부', '○○남편'으로 부른다.
- 타인에게 사위를 가리킬 경우 이쪽 집안 사정을 잘 아는 사람에게는 '(우리)사위' 외에 '○서방', '○○아버지'라고 지칭한다.
- 처의 오빠나 남동생을 처남, 그의 처를 처남의 댁이라 하며, 부르기는 '처남, 처남의 댁 (○○외숙모, ○○어머니)'이라고 한다. 처남이 10세 이상 연상일 때에는 '하소말'을 하고, 그 아래는 모두 '하게말'을 한다. 처남의 댁에게는 존댓말을 써야 한다.
- 처의 언니를 처형, 처의 여동생을 처제, 그들의 남편을 동서, 처형은 나를 '제남', 처제는 '형부라 한다.

처의 동기 및 그 배우자 관계는 다음과 같다.

■ 아내의 동기 호칭—지칭표

상황/관계		아내의 오빠	아내의 남동생	아내의 언니	아내의 여동생
호칭어		형님, 처남(연하)	처남, 이름	처형	처제
지칭어	당사자에게	형님, 처남(연하)	처남, 이름	처형	처제
	아내에게	형님, 처남(연하)	처남, 이름	처형	처제
	부모에게	처남	처남	처형	처제
	장인장모에게	형님, 처남(연하)	처남, 이름	처형	처제
당사자의 시댁 및 처가의	손위동기와 배우자에게	형님, 처남(연하)	처남, 이름	처형	처제
	손아래 동기에게	그들이 부르는 대로	그들이 부르는 대로	그들이 부르는 대로	그들이 부르는 대로
	자신의 동기와 배우자에게	처남	처남	처형	처제
	자식에게	외삼촌, 외숙(부)	외삼촌, 외숙(부)	이모	이모

■ 아내의 동기의 배우자 호칭─지칭표

상황/관계			아내 오빠의 부인	아내 남동생의 부인	아내 언니의 남편	아내 여동생의 남편
호칭어			아주머니	처남의 댁	형님, 동서	동서, ○서방
지칭어	당사자에게		아주머니	처남의 댁	형님, 동서	동서, ○서방
	아내에게		처남의 댁	처남의 댁	형님, 동서	동서, ○서방
	부모에게		처남의 댁	처남의 댁	동서	동서
	장인장모에게		처남의 댁	처남의 댁	형님, 동서	동서, ○서방
	당사자의 시댁 및 처가의	손위동기와 배우자에게	처남의 댁	처남의 댁	형님, 동서	형님, ○서방
		손아래 동기에게	그들이 부르는 대로	그들이 부르는 대로	그들이 부르는 대로	그들이 부르는 대로
	자신의 동기와 배우자에게		처남의 댁	처남의 댁	동서	동서
	자식에게		외숙모	외숙모	이모부	이모부

조선일보 연재 「우리 말을 바르고 아름답게」에서

사돈 사이의 호칭

　혼인한 두 집안 사람들이 서로 부르는 호칭을 사돈, 사돈집을 사가라 하며, 바깥 사돈을 밭 사돈이라 합니다.

　사돈에게는 공경말과 존댓말을 사용하는 게 원칙이고, 나이 차이가 심한 사돈에게는 '하시게' 하는 말을 존대해서 사용합니다. 대략 사장(사돈의 어른)에게는 공경말, 사돈끼리는 존댓말, 사하생(사장이 아들의 사돈을 부를 때)에게는 '하시게'를 사용합니다.

■ 사돈의 명칭과 호칭

항렬	명칭	호칭
상급사돈	사장(남) 사대부인(여)	사장어른(남) 사대부인(여)
동급사돈	사돈(남) 사부인(여)	사돈(연하), 사돈어른(연상) (남) 사부인, 사돈마님(여)
아랫사돈	사하생	사돈도령(남) 사돈 아씨(아가씨)(여)

■ 위 항렬

관계	자녀배우자(며느리, 사위)의 조부모, 동기 배우자(형수, 올케 등)의 부모
호칭어 및 당사자에게 지칭	사장어른
당사자이외의 사람에게 지칭	사장어른【관계말】

■ 아래 항렬

관계	자녀 배우자(며느리, 사위)의 동기 및 조카동기 배우자(형수, 올케 등) 조카	
호칭어 및 당사자에게 지칭	사돈, 사돈도령, 사돈총각	사돈, 사돈처녀, 사돈아가씨
당사자이외의 사람에게 지칭	사돈, 사돈도령, 사돈총각【관계말】	사돈, 사돈처녀 사돈아가씨【관계말】

■ 같은 항렬

관계	자녀 배우자(며느리, 사위)의 부모 및 삼촌항렬	
	남 : 남	남 : 여
호칭 및 당사자에게 지칭	사돈어른, 사돈	사부인
자기쪽 사람에게	부모 : 사돈, ○○ (외) 할아버지	사부인, ○○ (외) 할머니
	삼촌 : 사돈어른, 사돈 【관계말】	사부인 【관계말】
사돈쪽 사람에게	부모 : 사돈어른, 사돈, ○○ (외) 할아버지	사부인, ○○ (외) 할머니
	삼촌 : 사돈어른, 사돈 【관계말】	사부인 【관계말】
	여 : 여	여 : 남
호칭 및 당사자에게 지칭	사부인, 사돈	사돈어른(밭사돈)
자기쪽 사람에게	사부인, ○○ (외) 할머니	사돈어른(밭사돈), ○○ (외) 할아버지
	사부인 【관계말】	사돈어른 【관계말】
사돈쪽 사람에게	사부인, ○○ (외) 할머니	사돈어른, ○○ (외) 할아버지
	사부인 【관계말】	사돈어른 【관계말】
호칭 및 당사자에게 지칭	사돈, 사돈도령, 사돈총각	사돈, 사돈처녀, 사돈아가씨
당사자이외의 사람에게	사돈, 사돈도령, 사돈총각 【관계말】	사돈, 사돈처녀 사돈아가씨 【관계말】

조선일보 연재 「우리 말을 바르고 아름답게」에서

3

사회 예절

3. 사회 예절

식사 예절

　식사는 생활에 매우 중요한 부분을 차지하고 있습니다. 가정에
서나 밖에서 하는 식사는 아무렇게나 먹는 게 아니라, 올바른 식
사 예절에 따라야 합니다. 식탁에서는 즐거운 마음으로 식사를 해
야 하며, 어려서부터 바른 예절을 습관화하여 인격을 갖추어야 합
니다.
　서양의 기사들도 아무리 인격이 출중해도 식사의 예의 범절이
좋지 않으면 여성들에게 경멸을 받았다고 합니다.

식사 예절에 관한 것을 간추리면 다음과 같습니다.

- 식사하기 전에는 반드시 손을 씻는다.
- 식탁에 앉을 때에는 어른이 앉은 후에 의자의 왼쪽에서 오른 발부터 움직여 들어가 앉는다.
- 식탁과 몸과의 거리는 10cm 정도로 앉는다.
- 식사를 시작할 때에는 국이나 김칫국을 먼저 한 숟갈 떠 먹고 음식을 먹는다.
- 젓가락과 숟가락을 동시에 들고 식사하지 않는다.
- 음식을 먹을 때는 소리를 내지 않는다.
- "잘 먹었습니다."라고 인사말을 잊지 않는다.
- 어른을 모시고 식사할 때에는 주빈을 주석에 모시고 어른보다 먼저 수저를 들지 않으며, 먼저 식사를 끝냈을 때에는 수저를 밥그릇이나 숭늉 그릇에 얹어 놓았다가 어른이 식사가 끝났을 때에는 상 위에 내려놓는다.
- 식사 중에는 부드러운 대화(슬픈 이야기, 불쾌한 이야기, 불결한 이야기는 피함)를 하되 음식을 입에 넣고 말하는 것은 실례이며, 어른과 식사 중에 먼저 나갈 때에는 양해를 얻는다.
- 윗사람이 무엇을 묻거나 말을 건넸을 때에는 먹던 것을 삼키고 나서 수저를 놓고 말한다.
- 음식을 먹을 때 몸을 앞으로 굽히거나, 한 손을 떠받치거나, 몸을 뒤로 젖히고 먹거나, 혀를 내밀고 받아먹는 것은 천한 버릇이다.

- 이물질이 들어갔을 때에는 옆 사람에게 보이지 않도록 주의해서 냅킨에 싸서 접시 옆에 놓았다가 식사 후에 버린다.
- 이쑤시개는 되도록 사용하지 않는 것이 좋고, 부득이 사용할 때에는 한쪽 손으로 입을 가리고 사용한다.
- 좌석 배치는 상사나 윗사람이 아랫목이나 문에서 먼 곳에 앉는다.
- 서양에서는 초대된 집의 여자주인이 중심이 되지만 우리 나라에서는 초대받은 사람이 중심이 된다. 따라서 서양에서는 여자주인이 상석에 앉고, 우리 나라에서는 주인이 말석에 앉는다.
- 서양식 식사 예절은 우리와 다르므로 서양 식사를 하면서 익혀두도록 한다.

인사 예절

　인사는 상대방을 존경한다는 마음을 행동과 말씨로 표현하는 것입니다.

　톨스토이는 "어떠한 경우라도 인사하는 것은 부족하기보다 지나칠 정도로 하는 편이 좋다."면서 인사를 많이 할 것을 권장합니다. 인사는 마음의 문을 여는 열쇠로 예절의 첫걸음인 동시에 결실이라고 할 수 있습니다. 작은 일이지만 인사를 어떻게 하느냐에 따라 하루가 달라지고, 만남이 달라집니다. 이렇게 중요한 인사를 생활화할 수 있도록 강조합니다. 보람찬 하루는 아침에 일어나 가족과 인사하고, 일터에 가서 정답게 나누는 한 마디의 인사로 시작됩니다. 인사는 자신의 기분 여하에 따라 좌우되어서는 안 되고 상하를 가리지 않고 먼저 본 사람이 밝게 인사하는 것이 좋습니다. 남에게 피해를 주었을 때 "죄송합니다.", "미안합니다.", "실례했습니다." 등의 한 마디는 상대방과 자신에게 편한 마음을 갖게 해 줍니다.

절 인사법에는 방안절, 노상절로 구분할 수 있는데, 노상절은 약 15도 정도 허리를 굽히는 것으로 보통의 경례이며 제복 차림이나 모자를 쓰고 있을 때에는 거수경례로 합니다. 실내에서 사람과 마주치면 가벼운 목례(윗몸을 굽히지 않고 가볍게 머리만 숙인다)로 합니다. 방안절은 평절과 큰절로 나누는데, 큰절은 특별한 의식이 있을 때 하는 절로서 정중하고 엄숙한 자세로 경의를 표합니다. 주로 혼례시 교배(신랑, 신부가 서로 절을 하는 것)할 때, 폐백(신부가 신랑 집안 어른들께 인사드리는 것)드릴 때, 환갑이나 칠순 잔치에서 헌수(주인공에게 술잔 올리는 것) 드릴 때, 제사 지낼 때에 하는 것으로 가풍에 따라 조금씩 다르기도 하며, 누워 있는 사람, 먹고 있는 사람, 서 있는 사람에게는 절을 하지 않는 게 원칙입니다.

3. 사회 예절

소개할 때의 인사말

"영수야, 소개하는 인사말은 복잡하기 때문에 하나씩 정리해 보
도록 하자."

- 처음 인사할 때 "처음 뵙습니다."보다는 "처음 뵙겠습니다.
○○○입니다."가 훨씬 자연스럽고 "○○○올시다."는 거만
한 인상을 준다.

- "처의 아버님은 ○○○씨이십니다."보다는 "저의 아버님은

○자 ○자이십니다."로 한다.

• 상대방이 성을 물으면 "○씨입니다."보다 "○가(哥)입니다. ○○(본관) ○가입니다."로 하고, 남의 성을 말할 때는 "○ 씨, ○○(본관) ○씨입니다."로 한다.

• 자신이 직접 상대방에게 소개할 때
① 친한 사이인지 친하지 않은 사이인지를 생각해서 자기와 가까운 사람을 먼저 소개한다.
② 같은 남성(여성)끼리는 손아랫사람을 손윗사람에게 먼저 소개한다.
③ 이성끼리는 남성을 여성에게 먼저 소개한다. 단, 남자가 연장자이거나 직위가 높거나 할 때에는 여성부터 소개한다.

이러한 상황이 섞여 있을 때에는 1, 2, 3의 순서로 적용한다.

• 다른 사람에게는 친척을 먼저 소개하고 그 관계도 소개한다.
① 여러 사람일 때는 순서 없이 차례로 소개한다.
② 업무상의 일이라면 사회적인 지위가 낮은 사람을 윗사람에게 먼저 소개한다.

• 자기의 어머니보다 젊은 남자 선생님과 어머니를 소개할 경

우에는 어머니를 선생님에게 먼저 소개한다. 즉 "저의 어머니이십니다." 하고 어머니를 선생님에게 먼저 소개하고, "어머니, 우리 선생님이십니다." 하면 "처음 뵙겠습니다. 저는 ○○의 어머니입니다.", 선생님은 "처음 뵙겠습니다. ○○○입니다."하고 서로 인사한다.

• 방송매체에서 사회자가 20~30대 연예인을 소개할 때 "○○○씨를 모시겠습니다."라고 하는 경우가 있는데, 이는 "○○○씨를 소개하겠습니다."로 고쳐야 한다. 왜냐하면 시청자나 청취자가 다양한 계층이어서 그 방송을 보거나 듣는 사람이 소개 받는 사람보다 윗사람일 수 있기 때문이다.

인사할 때 "아는 것이 없습니다." 등은 자신을 너무 낮추는 말이므로 삼가야 한다.

명함을 교환할 때

옛날 중국에서 대나무를 깎아 그 위에 이름을 적은 데서 시작된 명함은 자기 자신을 설명하는 역할을 합니다.

그러므로 명함에 적힌 내용에는 이상이 없어야 하며, 누군가를 만났을 때 첫인상만큼이나 중요합니다.

명함을 주는 것만큼이나 중요한 것이 명함을 받아 어떻게 보관하느냐입니다. 다음 번에 만났을 때 처음 만난 것처럼 실수하지 않도록 받은 명함은 잘 보관해두고 다음에 만나기 전에는 미리 살펴 보는 것이 예의입니다.

명함은 자신의 소개서입니다. 항상 준비하는 습관을 기르고 "만나 뵙게 되어 기쁩니다."라고 말하면서 밝은 미소를 짓습니다.

- 손아랫사람이 윗사람에게 미리 내민다.
- 자기의 이름이 상대방 쪽에서 보이게 오른손으로 내민다.
- 반드시 일어서서 "○○○에 조영수입니다."라고 통성명을 한다.
- 맞교환할 때에는 오른손으로 주고 왼손으로 받는다.
- 받은 명함을 그 자리에서 보고 읽기 어려운 글자가 있을 때는 바로 물어본다.

생일에 대한 예절

　요즘은 생활 수준이 높아져 자식의 생일에 선물을 주고 축하해
주는 것을 흔히 볼 수 있습니다. 영수도 예외는 아니어서 가족 나
름대로 축하해 주고 본인도 좋아하는 친구를 초대하여 생일턱을
하곤 합니다.

　아버지는 영수에게 생일에 대한 예절을 가르치기 위해

　"회갑은 몇 살에 하는 것이냐?"

로부터 시작하였습니다.

　"60세인가요?"

영수는 확실히 모르겠다는 듯이 대답했습니다.

"영수야, 61세가 회갑이란다. 지식은 정확히 아는 습관이 필요하고 모르면 끝까지 해결하려는 자세가 학문하는 태도이다. 모르던 것을 자신의 노력으로 알았을 때의 기쁨은 몹시 크단다."

인간의 특성 중의 하나가 실리와는 무관한 진리 그 자체를 위해 진리를 탐구하는 호기심을 충족하는 데서 즐거움을 얻기 위한 것이라고 토인비의 말을 인용해서 다시 강조하였습니다.

손윗사람의 생일은 높임말로 '생신'이라고 하며, 61세의 생일을 '회갑', '환갑'이라 합니다. 62세를 '진갑', 60세를 '6순(旬)', 70세를 '7순', 80세를 '8순', 90세를 '졸수', '구순', 66세를 '미수(美壽)', 77세를 '희수(喜壽)', 88세를 '미수(米壽)', 99세를 '백수(白壽)'라고 하는 것도 상식으로 알아두도록 당부하였습니다.

아기의 돌에는 그 부모에게 "축하합니다.", "얼마나 기쁘십니까?" 등으로 인사하고, 동연배나 손아랫 사람의 생일에는 "생일 축하한다.", "축하하네."로 인사합니다.

어른의 회갑, 고희 팔순 등의 잔치에는 "생신 축하합니다.", "더욱 강녕하시기 바랍니다."로 인사하는 것이 좋습니다. "축하드립니다."라는 말은 감사나 축하하 드린다는 말이 어법상 맞지 않는 불필요한 공대말이라는 것이 학자들의 의견이므로 사용하지 않는 게 좋겠다고 가르쳐 주었습니다.

■ 결혼 기념일

결혼 기념일은 부부가 결혼한 날을 기념하여 축하하는 날이다. 19세기 영국에서 시작되었으나 이제는 일반화된 결혼 기념일로 자리잡았다.

- 1주년 – 지혼식(종이로 된 선물을 주고 받는다.)
- 5주년 – 목혼식(나무로 된 선물을 주고 받는다.)
- 10주년 – 석혼식(진주와 보석 따위를 선물로 주고 받는다.)
- 15주년 – 동혼식(구리로 된 선물을 주고 받는다.)
- 20주년 – 도혼식(도자기나 사기 제품을 선물로 주고 받는다.)
- 25주년 – 은혼식(은으로 된 선물을 주고 받는다.)
- 30주년 – 진주혼식(진주 제품을 선물로 주고 받는다.)
- 35주년 – 산호혼식(비취나 산호 제품을 주고 받는다.)
- 40주년 – 녹옥혼식(에메랄드 제품을 주고 받는다.)
- 45주년 – 홍옥혼식(루비 제품을 주고 받는다.)
- 50주년 – 금혼식(금으로 된 제품을 주고 받는다.)

3. 사회 예절

말 대접

"말의 예우에는 어떻게 하지?"
라는 질문에 영수는
"연장자에게는 존칭을, 같은 나이 또래에게는 대칭을, 연하자에
게는 비칭을 사용합니다."
라고 '형제 자매와 그 배우자' 항에서 이야기한 것을 잘 알고 있
었습니다.

- 대화의 기본 원칙은
  ① 호칭은 나를 중심으로
  ② 말공대는 듣는 사람 중심으로
  ③ 존대는 나를 낮춰서 말하는 것인데 직장에서는 직급을, 가정에서는 항렬을, 사회에서는 나이를 기준 삼는 것이 예절의 기본입니다.

"객지 벗 10년이라는 말은 어디에서 나온 것인지 아니?"
"모르겠습니다."
아버지는 객지 벗 10년에 대해서 다음과 같이 설명하셨습니다.
'예기 곡례편'에 보면 16세 이상 연장자이면 자기 아버지와 같은 대접을, 10세~15세의 연장자에게는 형 대접을, 5~9세까지의 연장자에게는 벗하라고 하였는데 바로 여기서 온 말이라고 하였습니다.
그렇지만 현 사회에서 9세 이하를 벗하기란 어렵다는 것이 영수 아버지의 생각이었습니다.
"영수야, 객지 벗 10년을 할 수 있겠느냐?"
는 질문에 어렵다고 대답하였습니다.
"왜 어려울까?"
학교 선배, 형 친구, 숙부 등의 친교 관계가 많기 때문에 5년 선배만 되어도 대치어를 사용하게 되면 버릇없는 사람이 될 것은 뻔한 일이라고 하였습니다. 그래서 객지 벗 10년에 대해서 다음과 같이 정리하였습니다.

"영수야, 16년 연상인 너의 조카에게 말의 예우를 어떻게 하지?"

"조카님이라고 합니다."

그렇게 하는 게 좋을 것이라고 하면서 10세 이상 차이에서는 '하오말'을, 5~10세 연령 차이에서는 형님 또는 형, 아우가 좋고 연상의 조카와 연하의 아저씨의 경우 연상의 조카는 아저씨의 항렬을 존중하고, 연하의 아저씨는 조카의 연령 대접을 하여 서로 '하셨오', '하오' 정도가 좋고, 5세 미만인 숙질 사이에는 반드시 항렬을 중시하며 '아저씨—하셨오.', '조카—하지.', '하게.'로 하며 50대 이상에서는 서열보다 나이에 대한 예우가 무난하다고 학자들의 견해를 인용해서 가르쳐 주었습니다.

기타 말 대접에 관한 사항 몇 가지를 더 설명하였습니다.

- 불특정 다수에게는 존대가 필요 없고, 존칭이란 항상 듣는 사람 입장에서 생각한다.
- '따님을 좀 뵈었으면……'이 아니라 '딸을 봤으면……'이라고 해야 한다.
- '저'(제가)라는 말은 5세 이상의 연장자에게 사용하고, 연하의 상관에게도 공석에서는 '저'라고 한다.('저가'는 잘못임),

'나'는 같은 또래나 아랫사람에게 사용한다.

- '당신'이라는 호칭은 후배가 선배에게는 사용할 수 없는 호칭이다. 당신의 호칭은 친구 사이 또는 선배가 후배에게 사용할 수 있지만 분위기에 따라 사용하는 것이 좋다

- '자네'라는 호칭은 점잖은 노인이 친한 젊은이를 대접해서 부르는 소박하고 구수한 호칭이다. 젊은 친구끼리는 사용하지 않는다.

- '아빠·엄마'는 말 배우는 아이가 자기의 부모를 부르거나 말할 때 사용한다. 되도록 중학생이 되면 '아버지·어머니'로 부르는 것이 좋을 듯하다.

- '씨'는 평등한 사교 관계에서 가장 무난한 호칭인데, 10세 이상 연장자에게는 함부로 쓸 수 없는 호칭이다. 이 경우 '씨'대신 직함을 붙이는 것이 무난하다.

- '씨'는 동년배이거나 나이 폭이 상하로 10년을 넘지 않을 때 사용한다. 10년 연상이면 '아무개 선생님' 정도가 좋다.

- '김형', '이형'은 가까운 사이, 정다운 사이인 상하 5세 정도는 좋은 호칭이고, 5세 이상 연장자이거나 가깝지 않은 사이는 '형'보다 '선배'가 좋다.

- 20세 전후의 젊은 여자에게는 '미스'보다 '양'이 무난하고 '미스'나 '양'보다 '씨'로 이름을 붙이는 게 좋다.

- 선생님의 경우 이외는 '님' 자를 붙이지 않는 게 좋다.

- '사장', '부장', '과장' 하면 '장'에는 님 이상의 경의가 포함

되어 있어 '님'을 붙이지 않아도 된다.

- '선생'은 존경과 정이 담긴 최상의 존칭이다. 나이가 많은 연장자에게는 '선생님', 동년배나 연하자에게는 '선생'으로 부른다.
- '아가씨'라는 호칭은 연장자들이 20세 정도의 젊은 미혼 여성을 부를 때에 사용한다. 대부분의 여자들은 '씨'로 불러주기를 원한다.
- '아주머니'와 '아줌마'는 상황이나 상대방에 따라 다양하게 느껴진다.
- 자기 어머니 연배 되는 부인에게는 '아주머니'로, 누님이나 언니뻘 되는 이에게는 '아줌마'로 부르는 게 바람직하다.

[참고]

공경말 : 부모, 조부모, 그리고 숙항(아저씨뻘이 되는 항렬) 어른이나 20세 이상의 연장자에게 사용하며 '시'를 넣어서 하는 말을 사용한다. "저-하였습니다. 하십니다." 등.

존댓말 : 공경말보다 한 단계 낮은 말로 '시'를 넣지 않는다. 같은 집안 식구들 중 10년 이상 연장자에게 사용한다. '저-합니다.', '저-하세요.' 등.

평교말 : 또래에 쓰이는 말로 '하오', '하고', '하게' 말 등.

대접말 : 존댓말을 사용할 처지는 아니고, 하게 말을 하자니 거
         북한 상대방에 신중하게 대접하는 말로 5년 이상 연장
         자나, 연령이 적은 항렬 높은 집안 사람에게 사용한다.
         '저' 란 말보다 '나' 로 한다. '이 선배, 별일 없습니까?' 등.

비칭어 : 손아랫사람 중에서 친밀한 사이에 쓰이는 말이다. '애
        야', '아무개야', '해라' 등.

3. 사회 예절

전화 예절

영수 아버지는 직장에서 전화를 불친절하게 주고 받아 옥신각
신하는 사례를 가끔 보았습니다. 영수 역시 친구에게 전화를 걸어
"○○ 좀 바꿔 주세요." 하는 것을 여러 번 보았습니다. 그래서 오
늘은 바른 전화 예절을 가족과 함께 생각해 보기로 했습니다.

■ 전화를 받을 때
• 전화 벨이 울리면 즉시 받아(벨 소리가 3번 넘지 않도록 한다) "○

○동(전화 번호도 좋음)입니다." 직장에서는 "네, ○○회사입니다.", "감사합니다. ○○회사입니다."라고 한다. "미스 ○입니다.", "미스터 ○입니다."라고 하는 것은 좋지 않다. 자기 직함만 말하는 것도 좋지 않다.

- 집에서 바꾸어 줄 때는 "네, 잠시(잠깐, 조금) 기다려 주십시오, 바꾸어 드리겠습니다."라고 하고, 상대방이 찾는 사람이 없을 때에는 "지금 안 계십니다. 돌아오시면 뭐라고 전해드릴까요?"라고 말하여 전해 준다.

- 잘못 걸려온 전화일 때는 "아닙니다(아닌데요). 전화 잘못 걸렸습니다."라고 한다. "전화 잘못 거셨습니다."는 전화도 제대로 못 거느냐는 느낌이 들어 상대방의 자존심을 상하게 할 수 있다.

- 다른 사람에게 온 전화를 불친절하게 대하고 전해 주지도 않는 것은 상식이 없는 일이다. 메모하여 꼭 전해 주어야 한다.

- 통화 중에 전화가 끊어졌을 때에는 수화기를 놓고 기다려야 하며 전화를 건 쪽에서 다시 거는 것이 예의이다.

- 자기는 누구라고 밝히지 않고 상대방 소식만을 자세히 묻는 것은 좋지 않다.

■ 전화를 걸 때
- "안녕하십니까? 저는 (여기는) ○○○입니다. ○○○씨 계십

니까?" 어른이 전화를 받았을 때 "저는 ○○○의 친구 ○○
입니다. ○○ 있습니까?" 하고 통화하고 싶은 사람과의 관계
를 밝힌다. 직장에서는 "안녕하십니까? 저는(여기는) ○○○
인데요. ○○○씨 좀 바꿔 주시겠습니까?" 하여 통화하고 싶
은 사람이 없을 때에는 "죄송합니다만 ○○○한테서 전화
왔었다고 전해 주시면 고맙겠습니다."라고 한다.

- 전화가 잘못 걸렸을 때에는 귀찮은 듯이 수화기를 탁 놓지
말고 "죄송합니다. 전화가 잘못 걸렸습니다."라고 예의를 갖
춘다.

- 주위에서 보면 전화가 잘못 걸려 오면 농담을 하면서 상대방
을 기분 나쁘게 하는 경우가 종종 있다. 반대 입장에 서서 한
번 생각해 보면 알 것이다.

- 전화를 끊을 때에는 "안녕히 계십시오.", "그만 끊겠습니다.
안녕히 계십시오." 하고 예의를 갖춘다.

자동차 탈 때의 예절

영수와 함께 택시를 타 보면 아무데나 앉는 버릇이 있어 상석에 대해서 이야기하기로 하였습니다. 우리 나라에서는 관습상 상석을 많이 따지는 경향이 있어 예의에 어긋나지 않게 실천해야 합니다.

온돌방에서는 아랫목이 상석이고, 창이 있는 홀에서는 전망이 보이는 자리가 상석, 밀폐된 곳의 ㄷ자형에서는 문과 먼 중앙 좌석이 상석입니다.

운전사가 따로 있는 승용차에 4명이 탄다면 뒷좌석 오른쪽이 주석 1번이고, 주석 왼편 창쪽이 2번, 운전 기사 옆이 3번, 4번이 뒷좌석 중앙이고 3, 4번은 경우에 따라 바뀔 수도 있습니다. 자가 운전 승용차일 경우에는 자가 운전을 주석으로 보고 친구 2명 중 운전자와 친밀한 사람, 또는 손윗사람이 운전석 옆 자리에 앉는 게 보통입니다. 자가 운전자일지라도 편승하는 분을 모시는 경우에는 당연히 뒷자리 오른편 창쪽에 모시고, 여자도 뒷자리에 앉게 하는 것이 예의입니다.

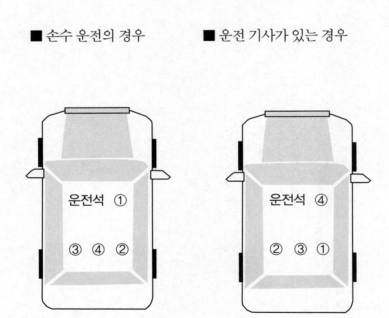

■ 손수 운전의 경우　　　　■ 운전 기사가 있는 경우

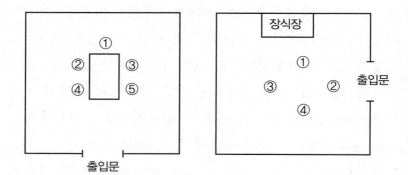

악수 예절

아버지는 영수에게 악수 예절을 가르치기 위해서 손을 내밀었습니다.

"영수야, 아버지와 악수 한번 해보자."

영수는 영문도 모르고 의아해 하며 허리를 굽혀 두 손으로 악수를 하였습니다.

"영수야, 악수하는 방법이 틀렸구나. 잘 배우렴."

"악수하는데도 방법이 있나 봐요?"

"그럼. 고개를 숙이거나 허리를 굽혀 두 손으로 받쳐 잡는 경우가 흔한데 오히려 그것은 잘못된 것(비예절)이고 상대방의 손을 따뜻하게 잡아야 한단다. 손을 쥘 때 상대편 손을 너무 꼭 잡아 아픔을 느낄 만큼 불쾌감을 주거나 너무 힘없이 형식적으로 잡아서는 안 된다."고 하였습니다.

악수는 윗사람이나 여성이 먼저 청하는 것이 원칙이며, 악수를 하면서 반가운 표정으로 눈을 바라보면서 하는 것이 예의이고, 악수할 때 여자의 장식용 얇은 장갑은 벗지 않아도 좋으나 방한용 장갑은 벗는 것이 예의라고 일러 주었습니다.

외국에서 들어온 악수 예절은 고개를 숙이거나 허리를 굽혀 두 손으로 받쳐 잡는 것이 예의가 아니지만 현실적으로 많은 사람들이 그렇게 하는 실정이므로 아버지는 연하자가 연장자에게 공손하게 허리를 굽히거나 두 손으로 받쳐 잡는 것은 하나의 예의로 보아도 좋을 것이라고 가르쳐 주었습니다.

- 악수는 자기의 표현이다. 손을 잡음으로써 마음의 문을 열고 흔들면서 일체를 나타내는 의미가 있다.
- 손을 너무 세게 쥐거나 손끝만 내밀고 악수해서는 안 된다.
- 계속 손을 잡은 채로 말을 하지 말고 인사만 끝나면 곧 손을 놓는다.

3. 사회 예절

술잔 권할 때의 예절

주주객반이란 말이 있습니다. 이 말은 음식을 먹는 순서를 말하는 것인데 술은 주인이 먼저 들고, 밥은 손님에게 먼저 권한다는 말입니다. 아버지는 영수가 성인이 되어 술을 마시게 될 기회를 생각하여 술에 관한 이야기를 하기로 하였습니다.

• 술잔을 돌리는 경우에는 술을 마신 후, 안주를 들기 전에 잔을 상대방에게 오른손으로(두 손으로 받쳐) 넘겨 주고, 술은 자기가 따르든지 술을 따르는 사람이 있으면 따르는 것을 보고 나서 안

주를 먹는다.

- 좌석이 멀리 떨어진 사람에게 술잔을 권할 때에는 직접 가지 못하고 술 따르는 사람에게 부탁하여 그 사람이 상대방에게 가서 술잔을 전달할 때 서로 눈을 맞추어 목례하고 술 따르는 것을 확인한 후 역시 안주를 먹는다.
- 술잔을 받을 때에는 반드시 오른손으로 받고 윗사람에게는 양손으로 받아야 한다. 호형호제 하는 같은 나이 사이에는 한 손으로 받아도 좋다.
- 술잔을 받았을 때에는 권하는 사람에게 감사의 목례를 하고 술을 받아 일단 입에 대어 조금 마신 후에 상 위에 내려 놓는다. 잔을 받아 그대로 상 위에 올려 놓으면 실례가 된다.
- 술잔을 받으면 반드시 보낸 사람에게 술잔을 권한다.
- 16세 이상 연장자에게는 얼굴을 옆으로 돌리고 마신다.
- 왼손으로 술잔을 주면 당신은 그만 먹고 가라는 뜻이다.

홍남석의 「현대인의 생활예절」 참조

방문 예절

전화나 편지로 이야기할 수 없는 일로 남의 직장이나 가정을 방문할 기회가 더러 있는데 이런 경우 예절을 소홀히 할 수는 없습니다. 영수는 친구의 집을 방문하는 경우가 종종 있어서 방문 예절을 잘 지키도록 권하였습니다.

남의 집을 방문할 때에는 미리 전화로 방문해도 되겠느냐고 물어보고 방문 시간을 정한 후 방문하도록 하고, 밖에서 만나자고 하면 그렇게 하는 것이 예의이고, 예고 없이 방문하는 것은 실례이며 방문하는 집에 부담을 주지 않는 범위 내에서 간단한 선물을 가지고 가는 게 자연스러운 일이라고 가르쳐 주었습니다.

손님이 갈 때에는 대문 밖까지 나가서 "바쁘신 중에도 찾아 주시어 감사합니다."라는 등의 배웅 인사를 하고 손님이 엘리베이터를 이용할 때에 승강기 안내원이 있는 경우는 손님이나 고객 상사가 먼저 타고 내리지만 승강기 안내원이 없는 경우에는 직원이나 주인이 먼저 타서 엘리베이터를 작동하는 것이 예의입니다.

■ 손님을 안내할 때

"이쪽으로 오십시오."라고 말을 하고 비스듬히 비껴서 반 걸음 앞서서 걸어가는 것이 바람직하다.

문상할 때의 예절

　영수는 친구 아버지가 돌아가셨는데 친구집에 조상을 가서 어떻게 인사를 해야 할지 몰라 걱정을 하고 있었습니다.

　"영수야, 너는 아직 어리기 때문에 친구에게 위로의 말만 하면 된다. 걱정 필요 없어."라고 안심시키고 문상 인사말을 설명해 주었습니다.

　상주에게는 "무어라 위로의 말씀을 드려야 할지 모르겠습니다.", "얼마나 마음이 아프십니까?", "상사 말씀 무어라 드릴 말씀이 없습니다."라는 등으로 인사하고, 상주는 "망극하기 한이 없습

271

니다.", "돌연히 상사를 당하여 효성 있게 해 드리지 못해 불효의
죄 크옵니다." 등으로 합니다.

　초상이 났을 때 조상을 하게 되는데, 조상이란 조문과 상문을
합하여 말하는 것입니다. 고인은 모르고 상주만 알고 인사하는 것
이 '조문', 고인을 아는 경우에 인사하는 것을 '상문'이라 하는데,
혼동하지 않도록 당부하였습니다.

4

가문의 수신
(修身)

-뿌리 깊은 나무는 바람에 흔들리지 않는다.-

1
좌우명

가문의 좌우명, 반드시 필요하다

강에서 물고기를 보고 탐내는 것보다
돌아가서 그물로 짜는 것이 옳다.
— 예약지—

磨 斧 作 針

마 부 작 침

도끼를 갈아서 바늘을 만들자

— 이백 —

사람들의 대단한 성공은 좌우명에서 시작되었다고 말을 합니다. 좌우명이 그만큼 삶에 영향을 준다는 것이겠지요. 먹을 것이 없어 배를 곯는 어려움 속에서도 성공한 사람들은 흔들리는 마음을 잡아주는 좌우명이 있었기에 자기만의 희망을 키워갈 수 있었을 것입니다. 또한 숱한 난관을 뚫고 성공의 반열에 올라서고 난 뒤에도 가슴 깊게 새겨진 좌우명 하나로 자신의 몸과 마음을 더욱 갈고 다듬을 수 있었다고 합니다.

좌우명은 자신의 삶에 자기도 모르게 작용하여 자신을 성공하게 합니다. 그래서 성공 비결이 바로 자신의 좌우명과 일치한다는 사실을 알아야 합니다.

이백이 '마부작침' 때문에 크게 감명을 받아 성인이 되었다면, 우리 집안인 설송 가문도 '마부작침'을 좌우명으로 삼아 삶의 지표로 삼는 것도 부족함이 없을 것으로 생각합니다.

가문의 좌우명, 마부작침

네 자신의 마음속에 최선을 다해 찾아보라.
왜냐하면 인생의 모든 문제는 바로 거기에서 나오기 때문이다.
– 잠언 –

'마부작침'이란 도끼를 갈아서 바늘을 만든다는 뜻입니다. 다시 말해 첫째는, 아무리 어려운 일이라도 참고 계속하면 언젠가는 반드시 성공함을 비유하는 것이고, 둘째는, 노력을 거듭해서 목적을 달성함을 비유하는 것이며, 셋째는, 끈기 있게 학문이나 일에 힘씀을 비유하는 뜻을 담고 있습니다.

'마부작침'은 시선으로 불리던 당나라의 시인 이백[李白, 자는 태백(太白), 701~762]이 마음의 좌우명으로 삼았던 글귀 중 하나입니다.

이백이 어렸을 때의 이야기입니다. 이백은 아버지의 임지인 촉(蜀) 땅의 성도(成都)에서 자랐습니다. 이백은 훌륭한 스승을 찾아 상의산(象宜山)에 들어가 수학하게 되었는데, 시간이 지날 수록 이백은 공부가 싫증이 나고 언제 뜻을 이루게 될지 알 수 없다는 생각이 들었습니다.

어느 날 그는 스승에게 말도 없이 산을 내려오고 말았습니다. 집을 향해 걷고 있던 이백이 계곡을 흐르는 냇가에 이르자 한 노파가 바위에 열심히 도끼(일설에는 쇠공이라고도 함)를 갈고 있었습니다.

"할머니, 지금 뭘 하고 계세요?"

"바늘을 만들려고 도끼를 갈고 있지 [磨斧作針]."

"네? 그렇게 큰 도끼가 간다고 바늘이 될까요?"

이백은 큰 도끼를 갈아서 바늘을 만든다는 할머니 말씀이 이해가 되지 않았습니다.

그러자 할머니께서 이렇게 덧붙이셨습니다.

"그럼, 되고 말고. 중간에 그만 두지만 않는다면……."

이백은 할머니께서 하신 '중간에 그만두지만 않는다면'이란 말씀을 듣는 순간 머리를 얻어맞은 것 같았습니다. 끝까지 해보지도 않고 중간에 포기한 자기 자신을 돌아보게 된 것입니다.

생각을 바꾼 그는 노파에게 공손히 인사하고 다시 산으로 올라

갔습니다.

　그 후 이백은 마음이 해이해지면 바늘을 만들려고 열심히 도끼를 갈고 있던 그 노파의 모습을 떠올리며 분발했다고 합니다.

　늘 가까이 적어 두고 일상의 경계로 삼는 말이나 글을 좌우명이라 한다.

　일상 생활에서 삶의 경계로 삼아야 할 좌우명이 한 집안 대대로 내려온다면 그 집안의 자녀들은 어려서부터 자연스럽게 마음속에 좌우명을 새기게 될 것이다.

　평소에 마음속에 심어진 좌우명은 아이들이 성장하는 동안 든든한 성품을 만드는 데 도움을 줄 것이고, 이렇게 자라 사회에 나간다면 훌륭한 사회의 일원이 될 뿐만 아니라 자신의 목적을 이루는 데 큰 역할을 하게 될 것이다.

　가문의 좌우명, 마부작침이 있다는 것이 얼마나 자랑스러운가?

2

가훈

2. 가훈(家訓)
가훈을 생활화하자

도중에 포기하지 마라. 망설이지 마라.
최후의 성공을 거둘 때까지 밀고 나가자.
– 데일 카네기 –

영수네는 나름대로 훌륭한 가훈을 가지고 있습니다. 하지만 영수는 이 가훈이 실현 가능성이 없고 무의미한 것이라고 늘 불평하였습니다.

그래서 어느 날 가훈에 대해서 이야기 하였습니다. 가훈 중에 '남의 일을 할 때는 내 일같이 한다' 는 것이 가장 문제가 되었습니다. 어떻게 남의 일을 내일같이 하느냐는 말이 영수의 불평이었습니다. 실현 가능성이 없다는 영수의 생각에도 이해는 갔습니다. 대부분의 사람들은 남의 일보다 자기 일을 중요시합니다. 자기 동생

것보다 자신의 것을 더 중요시하는 것은 당연한 것입니다. 그러니 어떻게 남의 일을 내 일같이 할 수 있느냐는 것입니다.

인간은 본질적으로 자기 중심적이어서 남을 위해 일한다는 것은 어렵고, 어려운 일을 하는 사람이 훌륭한 사람이라는 것은 논리상 맞습니다. 왜냐하면 자기 자신을 위해서 일하는 것은 쉽고, 남을 위해 일하는 것은 어렵기 때문입니다. 남을 위해 일한다는 것이 쉽지는 않지만 어려서부터 그런 철학을 갖게 되면 어렵지 않다고 생각합니다. 훌륭한 사람이 되기 위해 남의 일을 내 일같이 한다는 것을 염두에 두고 하나하나 실천해 나가면 훌륭한 사람으로 성장하게 될 것이라는 뜻에서 가훈을 정하는 것입니다.

예로부터 명문가에서는 좋은 가훈을 계승하여 훌륭한 사람을 기르기 위한 지침으로 사용하고 있습니다. 가훈은 장식용으로 게시하는 게 아니라 자손들이 항상 머리 속에 두고 가풍을 이어 가게 하는 선조들의 뜻이 담겨 있는 것입니다.

영수가 성공한 사람들의 가훈을 알고 싶다고 하여 아버지는 소개하기로 하였습니다.

■ 김활란(교육자, 이화여대 총장 역임)
1. 웃고 살자.   돕고 살자.   믿고 살자.
2. 덕(德)은 외롭지 않다. 반드시 이웃이 있다.

■ 배상명(여류 교육자, 현재 상명여대, 상명여자중고교의 창설자)

1. 정직한 사람.

2. 책임지는 사람.

3. 창의적인 사람.

■ 모윤숙(여류 시인)

1. 몸을 늘 단정히 가져라.

2. 남을 존경하라.

3. 말을 똑바르게 하라.

■ 김광진(경제 사학자)

1. 가정에서 화목한 나.

2. 사회에서 필요한 나.

3. 나라에서 원하는 나.

■ 이희승(국어학자)

1. 지식보다 못지 않게 덕을 닦아라.

2. 이상은 하늘같이 높게, 도량은 땅같이 넓게 가져라.

3. 화목은 행복의 근원이다.

4. 노력 없는 성과는 없다.

5. 땀 흘려 번 돈이 진정한 내 돈이다.

6. 효과 없는 걱정은 마라.

7. 가정에서는 나라에 충성하고 어버이에게 효도하는 교훈을 전하고, 사회에서는 대대로 남에게 인자하고 어른을 공경하는 법도를 지켜라.

■ 홍사용(시인)

1. '고맙습니다' 라고 하는 감사의 마음.
2. '미안합니다' 라고 하는 반성의 마음.
3. '덕분입니다' 라고 하는 겸허의 마음.
4. '제가 하겠습니다' 라고 하는 봉사의 마음.
5. '네, 그렇습니다' 라고 하는 유순한 마음.

설송 가문의 가훈

가훈(家訓)

1. ① 자기 일은 스스로 하고,
   ② 집안 일은 서로 돕고
   ③ 정답고 명랑하게 산다.

2. 남의 일을 할 때에는 내 일같이 한다.

3. ① 사람을 대할 때는 부드럽고 온화한 표정으로,
   ② 말할 때는 정성과 진심으로,
   ③ 행동은 겸손하게 그리고
   ④ 상대방을 배려한다.

4. 의(義)롭고 깨끗하게 산다.

288

가훈 내용 설명

한 알의 모래에서 하나의 세계를 보고, 한 포기 들꽃에서 천국을 본다.
– 볼레이크 –

1. ① 자기 일은 스스로 하고, ② 집안 일은 서로 돕고, ③ 정답고
   명랑하게 산다.

   '자기 일은 스스로 하고'는 가정 윤리로서 형제 자매 사이에 할
   일을 서로 미루지 말고 솔선수범하자는 것으로 자기 일을 남에게
   미루지 않는 습관을 기르려는 것이고, '집안 일은 서로 돕고'에서
   는 협동 정신을 강조하는 것이며, '정답고 명랑하게'는 현대에 사
   는 우리는 도시화, 공업화, 기계화로 인하여 인간성을 상실해 가

고 있는데, 인간적인 정을 가족, 친족, 이웃과 함께 나누며, 항상 웃는 얼굴로 명랑하게 살아가자는 것입니다.

2. 남의 일을 할 때에는 내 일같이 한다.

'남의 일을 할 때에는 내 일같이' 라는 것은 자기 희생을 바탕으로 사회에서 개인에게 준 몫을 실천할 때 남과 나를 같이 생각하는 태도로 임하여, 개인적으로는 훌륭한 인격을 기르고, 사회적으로는 봉사 정신을 기르자는 것입니다.

3. ① 사람을 대할 때에는 부드럽고 온화한 표정으로, ② 말할 때는 정성과 진심으로, ③ 행동은 겸손하게 그리고 ④ 상대방을 배려한다.

성공의 비결 중에 가장 중요한 것이 인간 관계이고, 원만한 인간 관계를 유지하고 사람과의 신뢰를 실천하는데 가장 중요한 것이 언어입니다.

그렇게 중요한 언어 생활에서 온화한 표정과 정성과 진심은 가장 중요한 핵심입니다.

인간 관계에 가장 중요한 핵심인 표정, 정성, 진심, 겸손을 잘 수

런하면 높은 인격 형성에 큰 도움이 될 것입니다.

표정, 정성, 진심, 겸손에 상대방의 배려를 더한다면 처세에 반 이상은 성공한 사람이 되겠지요. 그러므로 온화한 표정, 정성과 진심, 겸손과 배려를 생활화하여 높은 인격을 갖추기 바랍니다.

부록에 나오는 '9가지 몸가짐과 표정'을 참고하세요

4. 의(義)롭고 깨끗하게 산다.

가장 포괄적인 내용인 국가 윤리로서 옳은 일인 '의'를 강조하여 우리 나라의 전통 사상인 '선비 정신'으로 살아야 한다는 것을 강조한 것입니다.

　가훈은 가문이 선대로부터 그 집안의 도덕적 실천 기준으로 삼는 교훈을 말한다. 바로 가문 후손들의 도덕적·정신적·교육적 방향을 제시한 것이다.

　가문 사람들은 가훈을 반드시 지켜야 할 조상의 가르침이며 지켜야 할 책무가 있다.

　그래서 가훈은 사람의 신념과 원칙, 철학의 기초가 되어 사람을 바른 길로 가게 할 것이다.

　하던 일도 가훈에 어긋나서 중지하는 정도라면 일단은 성공했다고 보아도 된다.

3

7계명(七誡命)

3. 7계명(七誡命)

설송 가문의 칠계명

7계명(七誡命)

1. 사람답게 살기 위해 학문에 힘쓰라.

2. 나그네가 아닌 주인으로 살아라.

3. 한국인으로 신앙을 가져라.

4. 담력은 크게, 마음가짐과 행동은 세심하게 하라.

5. 저명한 인사와 순수한 사랑으로 교류하며 살아라.

6. 의미있는 성인식을 행하라.

7. 백년해로 하라.

7계명 해설

무인도에서 혼자 살아가는 사람을 상상해 보세요. 어떤 사람으로 살아갈까요?

1795년 남프랑스의 아베룽 숲속에서 발견된 열 한두 살로 보이는 소년인 아베룽의 야생아는 발견 당시 짐승과 같았습니다. 국립 농아원에서 5년간의 교육으로 겨우 사람다운 생활을 하게 되었습니다. 발견 당시 이 소년은 벙어리, 귀머거리에 후각도 원시적이고, 지능도 몹시 낮은, 공포심이 많은 어린 야만인이었다고 합니다.

1920년 인도 북부 지방의 늑대굴에서 발견된 아말라와 카말라라는 두 소녀 문제나, 1931년 남미 파라과이 산중에서 발견된 여자아이 마리이본느 등도 아베롱의 야생아와 같았습니다. 이런 예는 인간에게 사회화 과정과 교육이 얼마나 중요한가를 설명해 주고 있습니다.

칸트는 "교육이란 인간을 인간답게 형성하는 과정이며 현실적 존재를 이상적 당위로 화하게 하는 일", "사람은 교육을 통해서만 아름다운 사람이 될 수 있다."라고 하여 교육의 중요성을 강조하였습니다.

사람은 사회화 과정과 교육을 통해서 인간답게 살아갈 수 있습니다. 인간답게 살기 위해서 반드시 필요한 것이 바로 삶의 원칙, 철학, 신념이라는 것입니다.

삶의 원칙, 철학, 신념이 명문가를 탄생시키고 그 명문가의 노블레스 오블리주(가진 자로서의 사회에 대한 책임)라는 역할이 사회에 크게 기여하였습니다.

노블레스 오블리주를 실천한 예를 보면 록펠러는 시카고대학을 비롯한 12개의 종합대학, 12개의 단과대학 및 연구소를 지어 사회에 기증했으며, 4,928개의 교회를 건축하였습니다.

강철왕 앤드류 카네기는 1911년 카네기재단을 설립하여 자선

사업에 기부한 것이 5억 달러에 이르고 2,500여 개의 도서관을 건축해 사회에 헌납하였습니다.

이렇게 사회에 큰 공헌을 한 것은 바로 명문가의 철학과 신념이 있었기에 가능한 것입니다.

우리 가문도 경영에 원칙과 철학, 신념을 7계명에 담아 개인의 수신은 물론 가문의 번영이 이루어져 인류 사회에 공헌하는 인재가 많이 배출되어 소외된 이웃을 돕거나 사회에 필요한 사업을 많이 할 수 있기를 기원합니다.

1. 사람답게 살기 위해 학문에 힘쓰라

합리적인 판단이나 사물의 이치, 다른 사람의 생각을 이해하기 위해 반드시 필요한 것이 바로 지식입니다.

예를 들어 한 권의 책을 읽을 때 이해하는 속도나 읽은 양은 초등학교 출신과 대학 출신이 서로 다를 수밖에 없습니다. 따라서 지식이 풍부하면 사물의 이치와 상대방의 생각, 합리적인 판단을 하는데 수준 높은 결론을 얻을 수 있습니다. 이것이 바로 공부를 많이 해야 하는 이유입니다. 따라서 최고 과정인 박사까지 공부하는 게 좋을 것이라 생각합니다.

인간답게 사는데 가장 중요한 것이 바로 지식이라는 것을 명심해 주기 바랍니다.

• 아침 저녁으로 독서를 하라.

아침 저녁으로 독서를 하는 것이 별게 아닌 것 같지만, 그것이 쌓이고 쌓여 자신의 삶을 윤택하게 할 뿐만 아니라 가정 교육에 아주 좋을 것입니다.

• 죽을 먹더라도 더 넓은 세상으로 유학을 보내라 – 조지훈 가문

자녀 교육에 일찍 눈을 뜬 한양 조씨 집성촌(조지훈–호은종가)인 경북 영양의 주실 마을은 이미 100년 전부터 자녀들을 서울이나 일본 등지로 유학을 보내는 선진 마을이었습니다. 수십 년을 앞선 유학 붐 덕분에 70가구도 안 되는 작은 시골마을에서 한국 인문학의 3대 거봉이 배출되었고, 한의학과 양의학의 거목들을 배출할 수 있었습니다.

대학 교수 14명을 포함해 박사학위를 받은 사람이 수십 명에 이

르고 전 현직 교장이 19명이나 된다고 합니다. 주실 마을이 한국에서 가장 많은 인재를 낳은 마을로 꼽히게 된 원동력은 바로 자녀들에게 최상의 교육 기회를 제공하려는 부모들의 시대를 앞선 선견지명과 열정, 그리고 헌신이 있었기 때문입니다.

주실 마을이 자녀들을 유학을 보낼 수 있었던 것은 결코 부자여서가 아니라 죽을 먹더라도 더 넓은 세상으로 유학을 보내야 된다는 철학과 신념이 있었기 때문입니다.

조병희와 5명의 선각자에게서 시작된 이러한 전통은 오늘날까지도 이어지고 있다고 합니다.

가문의 원칙과 철학, 신념이 학문의 중요성을 강조하는 것은 그 가문의 번영을 위해 가장 중요한 핵심이라고 생각합니다.

학문이 중요하다는 것은 아무리 강조해도 넘친다고 할 수 없습니다.

• 지식은 칼보다 강하다.

유태인은 군인이나, 정치가, 사업가보다 학자를 제일 훌륭하다고 생각합니다.

로마군이 유다를 점령하고 있을 때 로마를 이길 수 있는 길은 로마의 칼보다 더 강력한 무기를 소유하는 길, 즉 교육을 하는 일이라고 생각한 랍비 벤 자카이는 로마 황제를 만나 부탁하기를 야프네 거리만은 파괴하지 말아 달라는 하잘 것 없는 부탁을 했습니다.(황제의 생각으로) 그것이 하잘 것 없는 부탁이 아니라 유다를 살릴 수 있는 유일한 길이라고 유명한 랍비인 벤 자카이는 생각하였습니다. 지중해 바닷가에 있는 야프네는 인구도 적고 생산도 보잘 것 없는 곳이었지만 많은 학자들이 '토라(율법)'를 교육하는 곳이었습니다.

결국, 후에 벤 자카이의 생각대로 유태인들이 로마 사람들에게 승리하였던 것은 토라를 교육하는 야프네 거리를 파괴하지 않았기 때문이라고 합니다. 현대에 와서도 배우는 것이 가장 신성한 의무이며 교육이 중요하다고 생각하는 유태인들이기 때문에 미국 대학원생의 29%가 유태인인데 유태인의 인구 비율은 3.2%에 지나지 않는다고 합니다. 영국의 역사학자인 토인비는 "인간의 특성 중의 하나는, 실리와는 무관한 호기심을 가진 점이다. 인간은 진리 그 자체를 위해 진리를 발견하려는 충동을 가지고 있다."라고 하여 진리 탐구가 인간의 즐거움이라고 하였습니다.

2. 주인으로 살아라

　도산 안창호 선생은 '주인인가 나그네인가' 에서 주인이 되라고
권하고 있습니다.

　주인으로 사는 것과 나그네로 사는 것은 너무도 차이가 있습니
다.
　자신이 남의 일을 해 줄 때와 자신의 일을 할 때를 비교해 보면
쉽게 알 수 있습니다.

"남의 큰 일이 내 손가락에 박힌 가시만도 못하다."라는 말이 있습니다. 나의 작은 일이라도 남의 큰일보다 더 중요하게 생각한다는 말입니다.

이 세상에서 나는 내가 가장 중요하고, 똑같은 일이라도 다른 사람이 하였다면 별게 아니지만, 내가 했다면 중요하게 생각하는 것입니다. 이것이 바로 인간의 본능입니다.

따라서 나그네로 일을 하는 것보다 주인으로 일을 하면 관심이 많고 중요하게 생각하기 때문에 잘하게 된다는 것입니다.

회사원으로 근무하는 사람이 휴일과 봉급만을 생각하며 나그네로 살던 사람이 자신이 자기의 회사를 설립하여 회사를 운영하게 되면 회사원일 때의 사람이 아닌 완전히 다른 사람인 주인이 되어 일하게 됩니다.

그래서 나그네로 살지 말고 주인으로 신나고 멋지게 살아야 합니다.

3. 한국인으로 신앙을 가져라

　미국 사람이 아닌 한국 사람으로, 한국 사람의 정체성과 주체성을 가지고 세종대왕과 이순신 장군을 존경하면서 신앙 생활을 하라는 것입니다.

　가정에서 부모는 자식에게 체계적인 교육을 시켜야 되는데 현실은 많이 부족하고 학교 교육에서도 사회에서도 문제가 많이 있습니다. 그래서 신앙 생활을 통해 모자란 부분을 채워 주면 좋을 것으로 생각합니다.

인간답게 살기 위해서 종교를 갖는다는 것은 대단히 중요합니다. 늦은 나이에 기독교인이 된 사람으로서 우리 가문의 후손들은 성경을 통해 인격을 수양하며 참다운 한국적 기독교인으로 존경받는 사람이 되어야 합니다.

기독교가 좋을 것으로 생각하지만 반드시 기독교만을 고집하는 것은 아닙니다. 우리 가문의 사람은 모두 반드시 신앙을 가지라는 것입니다.

4. 담력은 크게, 마음가짐과 행동은 세심하게 하라

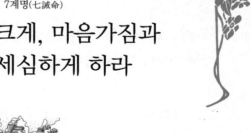

"호랑이에게 물려가도 정신을 차리면 산다."라고 했습니다.
사람은 용기가 있고 담대해야 한다는 것입니다.

담력이 크다는 것은 뱃심이 있다는 말로 소신대로 밀고 나가는
배짱을 말합니다. 사람은 용기가 있고 겁이 없어야 모든 어려움을
이겨 낼 수 있습니다. 용기가 없다면 어려운 고초를 견뎌 내지 못
하기 때문에 중도에서 물러서거나 실패하게 됩니다. 따라서 담력
이 큰 사람이 성공할 확률이 큽니다.

마음과 행동이 세심하다는 것은 마음가짐이 조심스럽고 세밀하여야 실패하지 않는다는 것이지요.

따라서 성공하는데 반드시 필요한 것이 담력은 크게 갖고 마음가짐과 행동은 세심하게 하라는 것입니다.

당나라 손사막의 글을 한번 음미해 보는 것도 좋을 것입니다.

膽欲大而心欲小하고 **知欲圓而行欲方**이니라
　담욕대이심욕소　　　　지욕원이행욕방

－손사막(당나라 의사)－

담력은 크게 가지도록 하되 마음은 섬세하여야 하고, 지혜는 풍부하도록 하되 행동은 방정해야 한다.

5. 저명한 인사와 순수한 사랑으로 교류하며 살아라

살다보면 실의에 빠져 괴롭고 외로움에 빠질 때가 있습니다. 이럴 때에 "흉금을 털어 놓고 싶은 사람이 있으면 얼마나 좋을까."라는 것은 사람이면 누구나 경험해 보았을 것입니다.

그래서 우리 가문 사람들은 흉금을 털어 놓고 하소연할 수 있는 저명 인사를 사귀어 살라는 것입니다.

자신보다 여러 면에서 수준 높은 사람들이 많이 있을 것이고,

그 플라시보(Placebo, 유명세, 위약 효과) 효과 중에서도 남들이 알면 깜짝 놀랄 사람과 교류하며 살라는 것입니다.

서로 순수한 마음으로 이해타산을 따지지 말고 인간다운 면을 최고로 발휘하여 교류해야 합니다.

괴롭고 외로울 때 나를 잘 이해해 주는 "그 사람은 틀림없이 나를 이해할 거야."라는 사람이 친구이고 또 그런 친구가 되어 주는 것이 얼마나 멋진 인생입니까?

성리학의 창시자인 송나라의 주희선생의 아버지 주송은 아들 주희에게 "좋은 스승은 길을 가르치고 마음을 밝히며, 유익한 친구는 난관을 넘는데 힘이 되도다. 자식을 가르침에 반드시 기억할지니 스승과 친구를 선택하는 것을 소홀히 하지 말아라. 좋은 스승과 유익한 친구가 한 배에 있으면, 마치 비단이 바람을 맞아 펄럭이는 것 같아라."라고 가르쳤습니다.

주송은 자기가 존경하는 호원중 · 유치중 · 유언충 선생을 스승으로 삼기를 원하였고, 주희는 아버지의 뜻에 따라 이들을 스승으로 삼아 교류했기 때문에 학문이 더욱 빛나게 되었습니다.

저명한 인사와 두터운 친분은 갖는다는 것은 아주 가치 있는 일로 자신을 몇 단계 상승시킬 수 있을 것입니다.

• 친척 어른께 반드시 세배를 드려라.

65세 이상 되신 친척분에게 일 년에 한 번 이상 찾아뵙는 게 예의겠지요.

• 절친한 친구와는 계산하지 말고 살아라.

조그만 이익 때문에 친구를 놓고 저울질하는 자신이 너무 초라하지 않아요? 절친한 친구 사이에 계산하지 말고 살아야 한다는 철학이 있는 사람이면 참 멋지겠네요.(친구의 허물과 실수를 덮어주면서 너그럽게…….) 좋은 친구가 없다고 한탄하지 말고 당신이 좋은 친구가 되어 봐요.

6. 의미있는 성인식을 행하라

자식이 초등교육을 마치는 겨울방학에 성인식을 거행합니다.

성인식은 아동기를 거쳐 청소년기 초에 있는 자식에게 자부심과 용기를 심어 인간다운 삶을 영위토록 하기 위함입니다. 결혼식에 버금가는 행사로 자식들의 장래를 위해 멋진 행사가 되어야 합니다.

성인식은 성인식 가례(家禮) 에 의해 의미있고 엄숙하게 거행해야 되겠지요.

7. 백년해로 하라

전혀 다른 가정에서 자란 한 남자와 여자가 서로 사랑을 하게 되어 부부의 인연을 맺은 후 평생을 함께 살아가는 것을 우리는 백년해로라고 합니다.

그러나 주변에서 백년해로 하고 있는 부부는 얼마나 될까요? 안타깝게도 우리 사회는 백년해로 하는 모습을 쉽게 찾아 볼 수가 없습니다. 이따금 방송을 통해 시골의 노부부가 백년해로 하는 훈훈한 모습을 보여 줄 정도입니다.

경제적인 어려움이나 성격 차이 등으로 가정이 해체되는 일들이 일어나곤 합니다. 가정이 해체되는 경우 당사자인 부부가 상처를 받는 것은 물론이고, 주위의 가족들 또한 깊은 상처를 받게 됩니다. 특히 사랑해서 낳은 자식들은 자신의 의지와 상관없이 가족이 해체되는 환경에 놓이게 됩니다.

인간 본연의 순수한 자세로 돌아가 봅시다. 남자와 여자로 세상에 태어나 서로 사랑해서 결혼하였습니다. 그러나 서로 다른 환경에서 살았기 때문에 한 가족으로 살게 되면 당연히 의견 충돌도 있을 것이고 티격태격하면서 두 사람의 새로운 가정을 만들어 가는 것입니다.

가정이라는 것은 누가 대신 완벽하게 만들어 놓고 그 안에서 누리면서 살 수 있는 것이 아닙니다. 가정은 가족 구성원 모두가 서로 사랑과 믿음으로 감싸주고 희생과 배려하는 마음이 모아질 때 의미있는 모습으로 완성되는 것입니다.

한 가정을 이루면서 중요한 것은 나 자신보다 상대방을 더 사랑해야 한다는 것입니다. 자신보다 상대방을 더 사랑한다는 것은 참으로 어려운 일이지만 이상적인 사랑을 하면서 사는 노력을 해야 행복한 삶을 누리게 되는 것입니다.

성경 고린도전서 13장 '사랑과 은사'를 실천하라고 권합니다. 그렇게 하면 틀림없이 행복해질 것입니다.

두란노 아버지·어머니 학교, 부부사랑 교육 등을 통해서 사랑하는 방법을 배우세요. 틀림없이 더 멋진 인생을 살게 될 것입니다.

언론에 이혼 사례가 공개될 때마다 화제로 삼아 토의하여 가치 체계를 확립해 봅시다.

9가지 몸가짐과
표정

9가지 몸 가짐

모든 양서를 읽는다는 것은 지난 몇 세기 동안에 걸친
가장 훌륭한 사람들과 대화하는 것과 같다.
– 데카르트 –

이와 같은 마음가짐을 가질 때 나타나는 바람직한 아홉 가지 몸 가짐은 다음과 같습니다.

1. 머리는 바르고
2. 눈은 단정하고
3. 말은 신중하고
4. 소리는 나직하고

5. 숨소리는 고요하고

6. 얼굴빛은 온화하고

7. 손은 공손하고

8. 발은 무겁고

9. 서 있는 모습은 품위를 갖추어야 한다는 것입니다.

표정

사람의 얼굴은 하나의 풍경이다.
한 권의 책이다.
얼굴은 결코 거짓말을 하지 않는다.
- H. 발자크 -

    모든 사람의 마음가짐이 얼굴에 나타나는바 그것을 표정이라
고 합니다. 그렇기 때문에 표정은 마음의 창이며 심성의 분화구라
고도 합니다. 깊이가 없는 사람의 표정은 상대나 상황에 따라 변
화합니다. 그러므로 표정은 그 사람이 처한 사정이나 환경의 거울
이라고 합니다. 하는 일이 잘 되어 가는 사람은 표정이 밝고 윤택
이 나지만 일이 꼬여서 어려운 처지에 있으면 표정이 어둡고 까칠
해지는 까닭은 표정이 거울이기 때문입니다.

    따라서 표정을 보면 그 사람의 마음을 들여다볼 수 있고, 그 사람의 일이 되어 가고 있는 상태를 알 수 있는 것입니다. 소위 관용 찰색이라고 해서 관상을 보고 그 사람을 점친다는 것입니다.

"그 사람을 알려면 표정을 보라."
"사원을 채용하는 데 관상을 본다."

이런 말들이 역겹지 않고 긍정적으로 들리며, 또 그렇게 하는 까닭에 표정의 중요성을 다시 생각하게 됩니다.

표정은 대인관계에 있어서 자기를 나타내는 첫 단계입니다. 상대는 나의 표정을 보고 나를 알게 됩니다.

그러므로 원만한 인간 관계는 예스러운 표정을 짓는데서 출발한다 하겠습니다.

1. 얼굴 표정

① 몸가짐에서 가장 중심이 되는 곳은 그 사람의 얼굴 표정이다.

② 항상 온화하고 미소 짓는 얼굴은 상대방까지 밝은 표정으로 이끌어 준다.

③ 그러나 얼굴 표정은 때와 장소에 따라 알맞게 지어야 한다.

2. 눈의 표정

① 특별한 경우가 아니면 눈은 많이 움직이지 않는 것이 좋다.

② 남의 이야기를 들을 때에는 이야기하는 사람의 눈을 똑바로
주시한다.

③ 어른 앞에서는 다소곳한 표정이 좋다.

④ 이야기를 들으며 먼 산을 보거나 한 눈을 팔면 관심이 없는
것처럼 보여 결례가 된다.

⑤ 곁눈질과 아래위를 훑어보는 태도는 좋지 않다.

⑥ 흘끔흘끔 보는 것도 상대방에게 불쾌감을 준다.

⑦ 손님 앞에서 시계를 자주 보면 가 주었으면 하는 뜻이 된다.

3. 입의 표정

① 입은 자연스럽게 다물고 있어야 한다.

② 하품할 때나 식사 후 부득이 이쑤시개를 사용할 때에는 손으
로 가리고 한다.

③ 말하면서 껌을 질겅질겅 씹는 것은 좋지 않다.

④ 입을 벌리고 있거나, 쑥 내밀고 있는 것, 혀를 내밀거나 하는
행위를 삼간다.

⑤ 말할 때마다 입을 가리는 것은 열등 의식을 가지고 있다는
인상을 주므로 조심해야 한다.